ぼくたちのリアル

戸森しるこ
佐藤真紀子 絵

講談社

ぼくたちのリアル

戸森しるこ／著
佐藤真紀子／絵

目次

1 ぼくたちの出会い
人気者×転校生×平凡《へいぼん》なぼく

五年のクラスがえであいつとおなじクラスになったとき、ぼくの気持ちはフクザツだった。

うれしいようなくすぐったいような、それでいてちょっとゆううつで、緊張《きんちょう》もする。

そういうややこしい気持ちは、はっきりいってすごーくめんどうくさい。だからつい、

「ゲッ」って思っちゃったんだ。

そいつの名前は、秋山《あきやま》璃在《リアル》。

ぼくたちの学年で、リアルを知らないやつはいない。

なぜって？

リアルはすごいやつだから。学年イチの人気者。ナンバーワンでオンリーワン。

なにがすごいって、まず、リアルはサッカーが得意だ。

あいつがボールをドリブルしていると、まるでボールが生きているみたいに見える。ナ

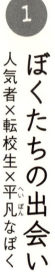

イスなタイミングでパスがきたり、運よく敵《てき》の足もとをすりぬけたり、きわどいシュートがゴールのすみにぎりぎり入りこんだりね。

まるでボールがリアルをよろこばせたくて、わざとそういう動きをしているんじゃないかって、本気で信じてしまいそうになる。

そりゃあ、リアルは地域《ちいき》のサッカークラブで熱心に練習をしているけど、リアルのうまさは技術《ぎじゅつ》がどうのこうのっていう問題だけじゃない。チームメイトからもボールからもサッカーの神様からも、あいつは特別に好かれている。

それに、これがいちばん大事なところだけど、リアルは自分にめぐってきたチャンスを、絶対《ぜったい》にのがさないやつなんだ。

サッカー以外のスポーツだって、リアルは大得意。とうぜん足も速い。だけどそれだけじゃなくて、勉強も学年で五番以内には入る。レベルの高い進学塾《しんがくじゅく》に通っていて、再来年《さらいねん》は私立中《しりつちゅう》を受験するらしい。

これだけでもうじゅうぶんって思うけど、リアルのすごいところは、ほかにもたくさんある。

書《か》き初《ぞ》め展《てん》では毎年金賞をもらうし、絵画コンクールでは佳作《かさく》に選ばれる。

ゲームやカラオケだって、めちゃくちゃうまい。

服のセンスがよくて、顔もふつうにかっこよくて、性格《せいかく》は明るくてお調子者。くだらない冗談《じょうだん》をたくさんいうけど、根はけっこうまじめで、学級委員をやったりもしている。

校内でかわいいといわれる女子は、いつも決まってリアルとうわさになるし、あのクールな甲斐《かい》先生から、ひとりだけ下の名前でよばれているのに、ひいきされているなんてだれからもいわれない。

璃在《リアル》。

たしかに、それはあいつにふさわしい、かっこよくて勢《いきお》いのある名前だった。


さて、ここからが本題だけど、いや、本題っていうより問題なんだけど、そんなリアルは、ぼくのおさななじみでもある。ぼくたちの家はとなりどうしなんだ。

そして運のわるいことに、リアルの名字は秋山、ぼくの名字は飛鳥井《あすかい》で、出席番号がつながっていた。

「よぉ！　はじめてだな、おなじクラス。しかも一組。青でラッキーじゃん」

ろうか側のいちばん前の席についたリアルは、後ろの席のぼくにそう話しかけてきた。

ぼくは思わず口の中をもごもごさせて、「ああ、そうだね」とかなんとかいうのがせいいっぱい。

ちなみに、青は一組のクラスカラー。運動会のハチマキや、体育着の名札なんかが青色になる。

ぼくはため息をついた。

教室でリアルと話すって、なんかへんなかんじだ。学校では会うはずのない家族や親せきに、とつぜんばったり会ってしまったときみたいな、みょうな気まずさがある。

そんなぼくのとまどいなんかおかまいなしに、リアルは春休み中のお笑い番組についてぺらぺらしゃべっている。

リアルのすごいところは、こういうところなんだよな。なんていうか、相手に距離《きょり》を感じさせない。親しみのこもったしゃべりかたで話しかけてきて、「あれ？　こいつって、なんだかいいやつみたい」って、相手に思わせちゃうんだよな。

リアルの態度《たいど》からすると、ぼくたちがいつもいっしょに遊んでいるふたりみたいに思われてしまうかもしれない。でも、となりの家に住んでいるといっても、ぼくたちはふだんからそんなに仲がいいわけじゃなかった。

そりゃ、幼稚園《ようちえん》のころは、おたがいの家に遊びにいったりもしていたよ。だけど、小学校に通うようになってから、ぼくたちふたりのあいだには自然と距離が生まれた。

理由はいろいろあるけど、四年間一度もおなじクラスにならなかったっていうのが、やっぱり大きい。家がとなりで登校班《とうこうはん》がおなじだから、学校にいくときだけはかならず顔をあわせるけど、校内ではまったくの別行動だ。

でも、たとえおなじクラスだったとしても、ぼくたちはきっと大の仲よしにはならなかっただろう。

だって、いつもリアルのまわりには、クラスの中心になるような華《はな》やかなやつらが、自然と集まっていく。

だけどほら、ぼくは地味キャラだからさ。

リアルは太陽に似《に》ているんだ。

ぼくだって晴れの日は大好きだけど、太陽の光を直接《ちょくせつ》見るのはきついし、暑い日はどうにもしんどい。そんなふうに、ぼくにとってリアルは、すこしまぶしすぎる存在《そんざい》だった。

ぼくがそんなことを考えているあいだにも、新しいクラスの何人かが、リアルのところにやってきた。

「またおなじクラスじゃん、やったな！」

おっ、リアルととくに仲のいい野宮《のみや》じゃないか。よくリアルと校庭でサッカーをしている。リアルとおなじくらい足が速いんだ。

リアルと野宮は、空中で腕《うで》ずもうでもするみたいにガッチリと握手《あくしゅ》した。なんかかっこいいなぁ。

「サッカー大会は楽勝っぽいな」

「なんたって、リアルのクラスだもんな」

「リアル、アドレス教えろよ」

リアルはたちまちクラスメイトにかこまれてしまった。

教室のすみからは、「リアルといっしょなんてラッキー」ってよろこぶ女子の声がきこえてくるし、ドアから顔をのぞかせて、「リアル、おれは三組だから」って、きかれてもいないのに報告《ほうこく》してくるやつまでいる。

さすがだな、リアル。ぼくはそんな人気者の姿《すがた》を、ぼんやり見ていることしかできないボンジンってわけだ。

やがてみんながそれぞれの席にもどっていくと、リアルはろうか側の壁《かべ》に背《せ》をつけるようにして、いすに座《すわ》りながらいった。

「しっかし、また甲斐先生のクラスかよ。ビビるぅ」

「そっか、秋山は去年も甲斐先生だったもんな」

ぼくがやっとのことでそう返事すると、リアルはへんな顔でぼくを見た。

「なんだよ、アキヤマって。リアルでいいよ、アスカ」

「……学校でアスカってよぶなよ」

「アスカ」は幼稚園《ようちえん》のときのぼくのあだ名で、いまとなってはリアルくらいしかよばないけど、女子の名前みたいであんまり好きじゃない。リアルはにやりと笑った。

「アスカはアスカだろ。いまさら変えらんねぇよ。ま、二年間よろしくな。ところでさ、おまえの後ろって、だれだった?」

「え?」

ふりかえって見てみると、ぼくの後ろの席にはまだだれもいなくて、その後ろの席には、出席番号四番の木下《きのした》が座《すわ》っている。

ぼくの後ろって、だれだったっけ?

新しいクラスは、始業式が終わったあとの学年集会で発表された。

「一組一番、秋山璃在《リアル》」

一組担任《たんにん》の甲斐先生がそうよんだとき、学年全体がどよめいて、女子から歓声《かんせい》があがった。

「やっぱりリアルだね」

そんな声があちこちからきこえてくる。

クラスカラーが青だとかいって、リアルはのんきによろこんでいたけど、もしぼくがリアルの立場だったら、きっとそれどころじゃないだろう。なにしろ、「五年一組の出席番号一番」には、ちょっと特別な意味がある。

ぼくたちの学校では二年に一度クラスがえがあるんだけど、五年で一組の一番になった男子は、二年後の卒業式で学年代表を務《つと》めなくちゃいけないっていう決まりがある。卒業証書《そつぎょうしょうしょ》を最初に受けとって、卒業生代表の言葉を読むんだ。そういう伝統《でんとう》らしいので、いやでも逃《に》げられない。

だから五年で一組の一番にバッテキされる男子は、やっぱりリアルみたいなやつじゃないといけない。先生たちも、とうぜんそのことを考えているはずだ。

「飛鳥井」なんていう、一番になる可能性《かのうせい》がとても高い名字のぼくだけど、学年代表に選ばれるわけなんてないから、今年はまず一組にはならないだろうって油断《ゆだん》していた。

そうか、リアルとおなじクラスってことにうろたえてしまって、ぼくは出席番号三番の名前をききのがしたんだ。アスカイとキノシタのあいだだから、イシダ？　エガミ？　オガサワラ？

そのとき、担任《たんにん》の甲斐先生が教室に入ってきた。

「おはよう」

「あっ、せんせぇ！　おれ、なぜかまたもや先生のクラスに……、ん？」

リアルはきょとんとして、ぼくの後ろの席をもう一度見た。そこはいまだに空席だ。

「あ、そうか。なんだ、そういうことか」

リアルは納得《なっとく》した表情《ひょうじょう》でうなずいた。

そう、甲斐先生の後ろから、男子がひとりついて入ってきたんだ。きっと、ぼくの後ろの席に座《すわ》るはずのやつ。たぶん転校生だ。

その転校生は、びっくりしたような顔でリアルを見た。リアルと転校生。ふたりの目があう。

そりゃあ、びっくりもするだろう。あの甲斐先生にむかって、リアルはなれなれしすぎるんだ。

「まず先に紹介《しょうかい》しようか。転校生です」

そういいながら、甲斐先生は黒板に名前を書いた。

川上《かわかみ》サジ。

それが転校生の名前だった。うん？　……サジ？

首をかしげたくなったのは、もちろんぼくだけではなかったはずだ。カタカナの名前は学年に何人かいるけど、それにしたって変わった名前だ。どういう意味なんだろう。

甲斐先生にうながされて、川上サジは一歩前に出た。

「川上サジです。よろしくお願いします」

そういってぺこりとおじぎをした。

顔をあげると、ほっぺたがピンク色だった。それで気づいたけど、なんだかすごく肌《はだ》の色が白いやつだ。ふつうの日本人とは、ちょっと雰囲気《ふんいき》がちがう。もしかしたら外国人の血が入っているのかもしれない。

「イヨッ！　ハイ、拍手《はくしゅ》。みんな、拍手！」

まっさきにリアルが頭の上で大きく拍手をした。みんなもそれに続く。もちろん、ぼくも。

ほらね。リアルはもうすでにこのクラスをひっぱっていっている。

甲斐先生はそんなリアルをちらっと見たあと、川上サジにぼくの後ろに座《すわ》るようにいった。川上が席につくと、リアルは自分の席から身を乗り出して、クラス全員にきこえるようなでかい声で話しかける。

「サジっていうの？　変わった名前だな。かっけぇ！」

「おまえにいわれたくねぇよ、リアルもいい勝負だよ」

「それもそうだった」

野宮につっこまれて、リアルが頭をかいた。クラス中がどっと大ウケだ。転校そうそうに注目をあびて、川上は目を白黒させている。

リアルの親友の野宮奏太《かなた》は、みんなからサワーってよばれている。野宮↓飲み屋↓お酒↓サワーなんていう、とても子どもの発想とは思えないあだ名だけど、ひょっとして考えたのはリアルかも。ビールとかショウチュウとかにならなかったのは、たぶん野宮がサワやかだから。そんな野宮と、ぼくはまだ話したことがない。

リアルは野宮になにかいいかえしていたけど、

「ハイ、静かにね」

先生のひとことで、すぐにだまった。さすが甲斐先生。リアルが「ビビるぅ」といっていただけのことはある。

甲斐なるみ先生は、口数がすくなくてちょっと近よりがたいかんじがするから、みんなからビビられているけど（ぼくもかなりビビってる）、教えかたがすごくわかりやすいらしくて、親からは人気がある。年はたぶん三十歳《さい》くらい。髪《かみ》が短くて、けっこう美人だけどサバサバしていて、あと、背《せ》がとても高い。五年の担任《たんにん》の中で、女の先生は甲斐先生ひとりだけだけど、それでもその中でいちばん大きい。甲斐先生が教室の前に立っていると、なんだか黒板が小さく見えてしまう。

前からふしぎだったんだけど、甲斐先生を見ていると、ぼくはなんとなくなつかしいような気持ちになる。なんでだろう。だれかに似《に》ているのかな。

その日は集団下校《しゅうだんげこう》をすることになっていた。災害《さいがい》があったときにそなえて、ときどきそういう訓練みたいなことをするんだ。おなじ方向から登校する生徒を集めて、登校班《とうこうはん》ごとにいっしょに帰る。

ぼくとリアルの班は、たまたま六年生のいない班だったから、今日からリアルが班長、ぼくが副班長になった。それは先生かＰＴＡの人が勝手に決めたことなんだけど、逆《ぎゃく》じゃなくてホントよかったよ。ぼくが先頭を歩く班長で、リアルが最後尾《さいこうび》の副班長だったりしたら、ぜんぜんキャラとちがうとこだった。

帰りのあいさつのあと、リアルは後ろをふりかえってぼくに声をかけた。

「おい、集合場所までいっしょにいこうぜ」

まわりの席の何人かが、なにかいいたそうな表情《ひょうじょう》でこっちを見ている。やつらが心の中でなにを思っているか、ぼくにはすぐにわかった。

「なーんだ、家が近いだけか」、だろ？

ぼくとリアルはぜんぜんタイプがちがうから、こんなふうにふたりでいっしょにいると、まわりのみんなの顔に「?」マークがうかびあがる。「なにつながり?」ってきかれるたび、「家が近所なだけ」って答えるけど、そうするとみんなちょっと安心したような顔をするんだよね。リアルの友だちにはふさわしくないって思い知らされているみたいで、とびきりみじめなやりとりだ。

自信満々のリアルにはきっと永久《えいきゅう》にわからないだろうけど、リアルとくらべられることほどヤなことってないよ。だって、リアルとくらべてぼくのほうが勝っているとこなんて、ほとんどないんだから。

あ、だけど、いまのところ身長はぼくのほうが高い。でも、ぼくのとうさんよりもリアルのとうさんのほうがでかいから、追いこされるのも時間の問題ってかんじだ。

リアルは完全無欠。こいつの弱点ってなんだろう?

ああ、甲斐先生は弱点かもしれない。さっき「ビビるぅ」っていってたし。

でも、ぼくだって甲斐先生にはビビってるんだから、それじゃあリアルに勝っていることにはならない。

リアルといっしょにいると、こういうことを考えちゃうからいやなんだ。リアルとくらべられるのはいやだけど、勝ちとか負けとか、こんなふうにうじうじなやんでいる自分のことが、ぼくはずっと大きらいだった。

そう、つまりそういうこと。

おなじクラスにならなかったからリアルと距離《きょり》ができたなんて、そんなのはいいわけでしかない。リアルのことをさけはじめたのは、どう考えてもぼくのほうだった。いっしょにいなくていい理由ができたことに、ぼくはほっとしていたんだ。

六年生になったら、リアルは私立中《しりつちゅう》を受験する。あいつのことだから、きっと志望校《しぼうこう》に合格《ごうかく》するだろう。残りあと二年のところで、ぼくたちはついにおなじクラスになってしまった。

こんなことを考えている自分は、ひどいやつだなと思う。でも、しょうがないんだ。いやなものはいやなんだから。

リアルはぼくの机《つくえ》に両手をのせて、ぼくの頭の上から転校生に声をかけた。

「なぁ、サジってよんでもいいだろ？　おれは秋山璃在《リアル》。リアルってよんでいいぞ。気にいってんだ、この名前。で、おまえはどこのコース？」

「えっと……コースって？」

「家の方向でコース分けされてるんだ。おれとこいつ、こいつはアスカってんだけど、おれらは駅とは反対方向だから、黄色コース。駅のほうなら赤コース。川のほうにいくなら緑コース。学童いきは水色コース。サジはどれ？」

サジはちょっと考えてから、すごく小さな声で返事をした。

「ぼく、学校のすぐ後ろのアパートなんだ」

「んじゃ、ご近所コースな」

リアルがてきとうなことを教えるので、ぼくはあわてて口をはさんだ。

「リアル、うそを教えるな。そんなコースはないよ。あと、ぼくの名前はアスカじゃなくて飛鳥井だからよろしく。朝の登校班《とうこうはん》って、もう決まってる?」

「よくわかんない」

転校生は不安そうに首をふる。なんか目がうるうるしているし。こまったな。

「集団下校《しゅうだんげこう》のこと、甲斐先生はなんかいってなかった?」

「あとで班長さんに紹介《しょうかい》してあげるっていわれた。むかえにいくから昇降口《しょうこうぐち》で待っててって」

ああ、なんだそうなのか。リアルはそれを知って口をとがらせた。

「なんだよ、それを早くいえよ。心配しちゃっただろ?」

「あ、ごめん。どうもありがと」

サジはリアルを見てにっこり笑った。

ぼくはそのとき、この転校生、川上サジが、ものすごく美人だっていうことに、ようやく気がついた。男に美人ってちょっとおかしいけど、かっこいいとかイケメンとかじゃなくて、どっちかっていうと「美しい」。

クラスの女子たちは、きっと最初から気づいていたんだろうな。なぜかっていうと、さっきからちらちらサジのことを見ている女子が、教室内に多数いるわけで。女子はそういうのに目ざといからな。

リアルも気がついたみたいで、まじまじとサジの顔を観察している。

「なんかサジってさ、よく見るとすげぇきれいな顔してねぇ?」

どうやらひどくはずかしがり屋らしいサジは、それをきいてまっ赤になってしまった。

なるほどね。だれにでも気軽にそういうことをいうから、この前の二月十四日に、すげぇ大荷物になったわけだな、こいつは。でっかい紙袋《かみぶくろ》、ふたつも持ってたもんなぁ。

中身はもちろんバレンタインチョコレート。あれだけ食べたら太りそうなものなのに、サッカーをしているリアルはちっとも太らない。ていうか、その前におなかこわすか、鼻血ブーだよな。

まぁ、ぼくにはカンケーないことだけどね(べつにうらやましくなんかないぞ)。

家に帰ると、かあさんがいた。かあさんは薬剤師《やくざいし》の仕事をしていて、ふだんは昼から夕方まで病院の薬局で働いているけど、今日はたまたま休みの日。薬のかわりに、キッチンで調味料を混《ま》ぜあわせていた。

「おかえりー。どうだった？　クラスがえ」

「うん、またトシとおなじクラスだった」

吉沢都史《よしざわとし》とは、三、四年のクラスがおなじだった。リアルと野宮みたいなかんじで、ぼくたちも仲がいい。

「先生は？」

「甲斐先生」

「あらま、心強いじゃない」

やっぱりな。そういうと思ったよ。

「いいわよね、あの先生。若《わか》いのに威厳《いげん》があって」

イゲンかぁ。たしかに、男子も女子もみんな、甲斐先生のいうことはよくきく。だけど、甲斐先生にしかられるより、リアルにケイベツされるほうが、ぼくたちにはきっとこたえるはずなんだ。

たとえば去年、リアルのクラスの女子のあいだで、こんなトラブルがあった。

問題が起きたのは、遠足のバスの席決めのときだ。

席決めのトラブルってきけば予想できるとおり、ペアを作ることができない子がひとりいたんだ。つまり、ひとつだけ三人組になっているグループがあったってわけ。

三人のうちひとりは補助席《ほじょせき》に座《すわ》るつもりだったみたいだけど、そんなの危険《きけん》だからってしかられて、次の日までに話しあって決めておくようにいわれた。そのときの甲斐先生のおどし文句《もんく》はこうだ。

「決められなかったら、女子だけ出席番号順にしますから」

「えーっ」「うそでしょー」「サイアクー」

そのとき、ペアになれなかったその子は、どんな気持ちがしただろう。最近知った言葉で「いたたまれない」っていうのがあるけど、きっとまさにそんなかんじ。

その話をはじめてきいたとき、甲斐先生ってなんてザンコクなことをする人なんだろうって思って、ぼくは正直かなりひいた。ひいたけど、それ以外にどうすればよかったのかってきかれると、いいかえせない。

それにそういう問題は、先生があいだに入れば入るほど、解決《かいけつ》するかと見せかけて、じつはよけいにややこしくなることがある。もしかしたら甲斐先生も、それを知っていたのかもしれない。

結局、休み時間にあみだくじ大会がおこなわれた。だけど教室にはペアになれなかったその子もいたはずだから、ますますいたたまれない。

男子たちはどうしていたかっていうと、自分には関係ないと思って見て見ぬふりをしているやつがほとんどだったろうし、ぼくがその場にいてもたぶんそうしただろう。

だけどリアルはちがった。

「おれはそういうやりかたはきらいだね。もういいよ、おまえら。おれがとなりに座《すわ》る」

そんなせりふをいっても、リアルならいい子ぶっているように思われない。ひやかされもしない。きちんと正しいことをして、それがまわりから正しく認《みと》められている。

これで三人組になっていた女子たちは立場がなくなって、結局そのうちのひとりが席を移動《いどう》した。そのあとクラス内でおなじようなことは一度も起きなかったんだって。

だれだって、人気者のリアルからつきはなされたくなんかないもんね。

ふたつとなりのクラスだったぼくの耳にまで、このうわさは届《とど》いた。もはや伝説。リアルはすごい。なかなかそんなことできないよ。

ケチャップでLOVEと書かれたオムライス。クレームもつけずにおとなしく食べていると、反対にかあさんのほうからこんなクレームが。

「リアルとおなじクラスだったんだって？　なーんでだまってたのよ」

げげっ。きっとリアルんちのおじさんだな。

リアルのとうさんはカメラマンで、となりにある「秋山写真館」で仕事をしている。運動会や合唱祭のときなんかは、学校から撮影《さつえい》をたのまれたりもしているみたいだ。館内に飾《かざ》られている写真は、リアルをモデルにしているものも多い。

自分でもかなりわざとらしいと思いつつ、ぼくはすっとぼけた。

「ああ、わすれてた。リアルもいっしょだよ」

「よかったじゃないのぉ」

かあさんがうれしそうにいうので、ぼくはムッとした。トシとおなじクラスだっていったときは、なにもいわなかったくせに。

「よかったって、なにが？」

「なにがって、リアルがいれば楽しいクラスになりそうじゃない」

ウッと、かえす言葉につまる。

だってそれは、まさしくそのとーりだから。

転校生がきたってことをぬきにしても、ふつうは初日からあんなにわくわくしたムードにはならないよな。クラスがえって、やっぱり不安だもん。ぜんぜん知らない世界に、とつぜん放り出されたかんじがする。

それなのに、だ。

一組のムードは、圧倒的《あっとうてき》に「期待」だった。それも、秋山璃在《リアル》ひとりにむけられた期待だ。クラスメイトだけじゃなく、かあさんまで。

こんなとき、なんだかリアルも大変なんだなぁって、ちょっと同情《どうじょう》してしまう。

「おじさん、うちにきたの？」

かあさんは、ううんと首をふる。

「めずらしくメールがきてた。あんたによろしくねって」

リアルのとうさんとぼくのとうさんは、大学時代の同級生だ。だからうちのかあさんとも仲がいい。

大学時代、リアルのとうさんは写真を、ぼくのとうさんは音楽を、それぞれ勉強していた。だけどおなじ大学でも、そのころはそれほど仲がよかったわけじゃないって、とうさんはいつもいっている。それをきくたび、ぼくとリアルとおなじみたいな気がして、なんとなくほっとしてしまう。

たしかに、長髪《ちょうはつ》にジーパン、若《わか》づくりでイケメンのリアルのとうさん（顔はリアルにそっくり）と、いつもスーツを着ているまじめそうなうちのとうさん（顔はぼくにそっくり）は、どう見ても共通点がありそうにない。

そんなふたりがどうしてとなりどうしに住んでいるかというと、おじさんが写真館を建てようとしたとき、たまたまとうさんが声をかけたからなんだって。

とうさんのとうさん（つまりぼくのじいちゃん）は、古くからこのあたりに住んでいて、いくつか土地を持っている。そのうちのひとつを、リアルのとうさんはじいちゃんから買ったんだ。そしてそこに写真館を建てて、いまはリアルとふたり、その二階で暮《く》らしている。

ぼくの部屋のカーテンを開けると、すぐとなりにリアルの部屋がある。リアルはいつも部屋のブラインドをあげっぱなしにしているから、部屋の中がまる見えだ。

だからぼくのほうはなんとなくいつもカーテンを閉《し》めているんだけど、たまにうっかり開けちゃうと、部屋にいるリアルはすぐに気づいて、「よぉ！」って親指を立てたりする。ぼくはそのたびリアクションにこまって、あいまいに笑ってやりすごす。

リアルの好きな青い壁紙《かべがみ》のその部屋は、ぼくの部屋よりもちょっとだけ広い。日曜日の朝には、あいつが自分で部屋の掃除《そうじ》をしているのを、ぼくは知っている。

ちなみにぼくの部屋は、ぼくが学校に出かけたあと、かあさんが勝手に掃除する。

だからなんだってわけじゃないけど、リアルが部屋の掃除をしているときにカーテンを開けちゃった日は、とくに気まずかったな。

もちろん、あいつはそんな小さなことなんか、これっぽっちも気にしちゃいないんだろうけどね。


次の日の学級活動で、各委員を決めることになった。

甲斐先生は委員名を黒板に書き出しながら、ひとつずつ立候補《りっこうほ》で決めるといった。

甲斐先生の黒板の字は、めちゃくちゃきれいで読みやすい。でも背《せ》が高すぎて、黒板の下のほうに文字を書くのが大変そうだ。

ほかの先生たちもだいたいそうだけど、黒板の字があんなにうまく書けるなんて、おとなってすごいよな。ぼくが黒板に字を書こうとすると、ふにょふにょしたへんな字になってしまう。

「委員会は去年もやっていたから、役割《やくわり》はだいたいわかるね。わからない人は、さっき配ったプリントを見てください。まずは学級委員。学級委員は男女一名ずつです。やってみたい人」

女子がひとり手をあげた。風見《かざみ》だ。去年の後期、ぼくのクラスで学級委員をやっていた。元気がよくて、しっかりしていて頭もいい。

「ほかにはいない？　じゃあ、女子は風見に決まりね。男子は？」

しーん。

あれ、おかしいな。

ぼくはリアルの背中《せなか》を見ていた。

リアルはやらないのかな。リアルがやるものとばかり思っていた。ほかにやりたい委員でもあるのかな。

甲斐先生も意外だったらしく、「あら、いないの？」とクラスを見まわした。「だれもいないなら、推選《すいせん》にするけど」

たぶん、クラス全員がリアルの背中を見ていたと思う。「リアルはー？」だれかが小さな声でそういった。

そのとき、リアルがちらっと教室をふりかえったかと思うと、ようやく自分から手をあげた。

「じゃ、やるよ」

クラス内、拍手《はくしゅ》。だけど甲斐先生はすこし気がかりな様子で、

「リアル、気が進まないの？　ほかにやりたい委員があるなら、それでもいいんだよ」

ぼくたちもなんとなくリアルに押《お》しつけたかんじがして、拍手をしたもののちょっとビ

ミョウだ。だからリアルが、

「いや、超《ちょう》やりたい」

って答えたとき、全員大ウケした。甲斐先生までもが、ずるっとずっこけるふりをしたので、ぼくはちょっと感動。レアなものを見た気がする。

野宮がふざけて、リアルにつっこむ。

「んだよ、じゃあなんでさっさと手ぇあげないんだよ。空気よめよ!」

「だっておれ、去年も通年でやってるからさ。ほかにやりたいやつがいるなら、そっち優《ゆう》先《せん》でと思って」

なるほどね。さっきリアルがふりかえったのは、それを確認《かくにん》したんだな。

でも、たとえやりたいやつがいたとしても、あの雰囲気《ふんいき》じゃ立候補《りっこうほ》しにくいよなぁ。

だって、みんながみんな、リアルにやってほしいと思っているんだからさ。

リアルはたぶん、そこのところがわかっていない。

「じゃ、学級委員はリアルと風見ね。前に出てください。あとはまかせた」

甲斐先生から進行をまかされたふたりは、さくさくとほかの委員を決めていく。さすがに経験者《けいけんしゃ》だけあって、ふたりとも仕切りがうまい。

「じゃあ、次。飼育《しいく》委員」

手をあげたのは五人で、そのうちのひとりはサジだった。

「あ、五人だね。飼育《しいく》委員は四人までだから、後ろで話しあって決めてください」

リアルはそういったけど、そこで甲斐先生が口をはさんだ。

「いいわ、飼育委員は五人で」

「えっ。なんで？」

リアルの疑問《ぎもん》はもっともで、学級委員以外の委員は、多くて四人までって決まっているはずだ。

「今年からニワトリが増《ふ》えたから、四人じゃ手がたりない」

「へぇ、そうなんすか」

「そうなんで、す、か」

言葉づかいを直されたリアルは、ぺろっと舌《した》を出した。

「よかったな」

ぼくはふりかえってサジに声をかけた。サジは「うんっ」とうれしそうに笑う。

「じゃ、次は放送委員だけど」

リアルは甲斐先生のほうを見て確認《かくにん》した。

「放送委員は経験者《けいけんしゃ》がひとりいたほうがいいって、ウ、ウ、ウカガッタのですが」

リアルのぎこちない言葉づかいに、女子たちがくすくす笑っている。

「まぁ、できればね。よく知ってるな、そんなこと」

そうなのだ。はっきり決まっているわけじゃないけど、五、六年の放送委員には、そういう暗黙《あんもく》のルールがある。クラスごとに放送を担当《たんとう》するとき、機械の使いかたになれている生徒がいたほうがいいから、経験者《けいけんしゃ》がひとりだけ優先《ゆうせん》されるんだ。

リアルにそれを教えてしまったのは、なにを隠《かく》そう、このぼくだ。ぼくは手をあげる。

「ぼく、やります。その、去年やってたんで」

去年放送委員をやっていた生徒は、じつはこの中にぼくだけしかいない。ぼくは今年もぜひ放送委員をやりたかったから、クラスがえのときにそのことを確認《かくにん》していたんだ。

「じゃあ、アスカは決まりな。ほかにはいない？」

ぼくはリアルをにらんだ。アスカってよぶなっていったのに。

だけど、みんなの前でリアルにあだ名でよばれると、なんとなくほこらしいような気持ちになるのもほんとうだ。

こういうのを、ぼくはこっそり「リアル効果《こうか》」ってよんでいる。ただの気のせいってわかってるけど、自分がすごいやつになったような気分になるんだ。

リアルに対するぼくの気持ちは、こんなふうにいつだってムジュンしている。

そして悲しいことに、ぼく以外の放送委員は、三人とも女子に決まってしまった。このクラスは女子のほうが人数が多いんだ。そもそも、給食の時間や放課後に活動のある放送委員は、男子からはあまり人気がない。

それでもぼくが今年もまた放送委員をやりたいと思ったのには、いくつかわけがある。まず、マイクにむかって決められたせりふをしゃべるのが、すごくおもしろかったから。それがそのまま校内に流れるっていうのも、なんだかわくわくする。

それから、放送に使っている音楽が、ぼくはどれも気にいっているんだ。

朝の放送は、ドビュッシーの「亜麻色《あまいろ》の髪《かみ》の乙女《おとめ》」っていうピアノの曲。やさしくておだやかなかんじの曲で、ぼくは大好きだ。アマイロってどんな色か知らなかったけど、ネットで調べたら、黄色と茶色のあいだみたいなうすい色だった。亜麻色の髪の乙女は、きっと美人にちがいない。

下校の放送、シューマンの「トロイメライ」は、ちょっとさみしげなメロディが下校時《げこうじ》刻《こく》にぴったりだと思う。「亜麻色の髪の乙女」とおなじで静かなピアノの曲だけど、印象はぜんぜんちがうんだよなぁ。うまくいえないけど、曲が終わる前に早く帰らなきゃって気分になる。

あと、給食の時間には、自分たちの好きな音楽を流すこともできる。去年は六年生といっしょに活動していてなかなかいいだせなかったけど、五年になったいまなら、意見をいうことができるかもしれない。あ、クラスでアンケートをとってみるっていうのも、おもしろそうだ。

「飛鳥井」

考えごとをしていたぼくは、とつぜん甲斐先生に名前をよばれておどろいた。ほかの先生はみんな「飛鳥井くん」か「飛鳥井さん」ってよぶから、よびすてにされるとちょっとドキドキしてしまう。

「わるいけど、初回の委員会までは、経験者《けいけんしゃ》が一組から順に担当《たんとう》することになってるんだ。朝と給食は六年生がやるから、下校の放送はたのむね。さっそく今日からだけど、まかせていい？」

「あ、はい。今日、下校時刻《げこうじこく》は何時ですか？」

「短縮《たんしゅく》授業だから、十二時。校庭開放は五時まで」

「わかりました」

わすれないようにメモをとっていたら、リアルがひやかしてきた。

「すっげぇ、アスカ。プロじゃん、プロ」

「飛鳥井ってさ、おとなしいやつかと思ったけど、じつはけっこうさ……」

ん？　だれだ？

声のしたほうを見ると、なんと野宮だった。

リアルにつられて発言したものの、そのあとに続くうまい言葉が見つからなかったみたいで、野宮は肩《かた》をすくめた。

「なんつーか、つまりその……プロだよな」

そのいいかたがなんだかおかしくて、ぼくもみんなも笑った。甲斐先生も下をむいてちょっと笑っている。野宮があわてた様子で、

「わるい意味じゃねぇよ！」

ってぼくにいってきたので、ぼくは笑いながら、「わかってる、わかってる」って、返事した。

野宮がみんなの前でそんなふうにいってくれたことは、ぼくにとって、ものすごくうれしいできごとだった。しゃべったこともなくて、ぼくの名前すら知らないだろうと思っていた、あの野宮が！

きっとこれも「リアル効果《こうか》」だね。

帰りの会が終わって、さっそく放送室にいこうとしていたら、後ろの席のサジがリアル

にかけよって、「今日、うちに遊びにこない？」ってさそっていた。

ショーゲキだ。転校二日目で、クラスのカリスマを家にさそうとは、見ためによらず度《ど》胸《きょう》あるな。

さすがのリアルもびっくりしたのか、めずらしくめんくらっている。

「えっ、今日？　今日は塾《じゅく》がある日で、それまで校庭でサッカーするんだ」

「なんだ、そうなの……」

しゅんと肩《かた》を落としたサジ。リアルはあわてて、

「おまえもこいよ。いっしょにやろうぜ！」

と、フォローを欠かさない。

「うん。そしたら、校庭のすみで見ててもいい？」

「へっ？　やらねぇの？」

「うん。見てたい。見学させて。応援《おうえん》するよ」

「応援って、練習試合ですらねぇのに……。まぁ、いいけどさ」

予想外なことをいいだしたサジに、あのリアルがとまどっている。

サッカーを見るのは好きだけど、やるのはそんなに好きじゃないってことかな。どっちかっていうとぼくもそうだから、放課後に（しかもリアルと）サッカーするなんて、まず

ありえない。

だけど体育の授業《じゅぎょう》じゃないんだから、「見学」だなんてやっぱりちょっとへんだ。リアルがとまどうのも無理はない。

やるなぁ、転校生。ぼくは心の中でエールを送った。その調子でリアルのペースを乱《みだ》してやってくれたまえ。

そういえば今日、休み時間にこんなこともあった。

「ひゃあ」

「すごーい」

「きれーい」

べつのクラスの女子が三人、前のドアから教室をのぞいて、ろうかでくちぐちにそういっていた。

はじめはリアルのところにきたのかと思ったけど、その視線《しせん》はリアルをこえて（もちろんぼくのこともこえて）、サジに集中していた。

たしかにサジは、ほんとうにきれいな顔をしている。まるでテレビや雑誌《ざっし》から飛び出してきたみたいに、キラキラした顔なんだ。色が白くて、まつげが長くて、鼻のまわりにそばかすがある。やっぱりちょっと外国人っぽい。

そのとき、野宮たちと夢中《むちゅう》になってカードゲームをしていると思ったリアルが、ちょっとだけふりかえってサジを見た。

「ふ〜ん」

感心したような、おもしろがっているような、だけどちょっとおもしろくないような、ひじょうにフクザツな「ふ〜ん」だったと思う。

ひょっとして来年の二月十四日には、大荷物になる男子が増《ふ》えるかもしれないね。

視聴覚室《しちょうかくしつ》のおくにある放送室に入ると、下校時刻《げこうじこく》まであと十五分だった。

マイクのスポンジがやぶけているのも、機械のマニュアルに落書きがしてあるのも、昨年度のまま。ぼくは「トロイメライ」のCDをラックから取り出してセットし、デスクアンプの席に座《すわ》った。そして、マイクの位置を口もとにずらす。

下校の放送は、校長室と会議室以外のすべての教室と、校庭のスピーカーから流す。せりふは壁《かべ》に貼《は》られた紙に書いてあるし、機械の使いかたもそこまでむずかしいわけじゃない。それでもはじめのころは、くちびるがふるえるくらいに緊張《きんちょう》したっけ。ぼくは「プロ」っぽく、そんなふうにふりかえってみる。

十二時になったので、ぼくは機械のスイッチをオンにして、「トロイメライ」を校内に流した。メロディがある部分に差しかかったところで、せりふを入れることになっている。

よし、いまだ。

「下校時刻《げこうじこく》になりました。校舎《こうしゃ》に残っている児童は、すみやかに帰りのしたくをしてください。今日の校庭開放は、午後五時までです。使った遊具は、きちんとかたづけましょう。今日の担当《たんとう》は、五年一組、飛鳥井でした。みなさん、また明日《あした》」

ぼくはマイクを切って、音楽が終わるのを待った。

なんとなく神聖《しんせい》な気持ちになれるこのしゅんかんが、ぼくはとても好きだ。

放送室の鍵《かぎ》をかえしに職員室《しょくいんしつ》によると、甲斐先生から声をかけられた。

「きいてたよ。飛鳥井はアナウンスがうまいんだな」

「そうかな」

ほめられたぼくはうれしくなって、へらへら笑ってしまった。

せっかくいい気分になったのに、次のひとことで台なしだ。

「飛鳥井とリアルは家がとなりなんだって？」

「はぁ。だれにきいたんですか」

「リアルにね。さっきまでここにいたんだよ」

「え、ここでなにしてたんですか?」

「さァ、なんだろね」

甲斐先生が肩《かた》をすくめる。すると、前の席に座《すわ》っていた二組の橋本《はしもと》先生が、口をはさんできた。

「リアルは甲斐先生のファンだからな。用事なんかなくても、しょっちゅうきてるさ」

「えっ、マジで」

「マジ、マジ」

「橋本先生、そういういいかたはちょっと」

甲斐先生がぴしりと注意する。

甲斐先生のいう「そういういいかた」というのが、リアルがファンだというところなのか、それとも「マジ、マジ」のほうなのかわからなかったけど、とりあえずぼくはおどろいた。

そういや、「ビビるぅ」っていったときのリアルは、ちっともビビってるかんじじゃなかったもんな。むしろ、どっちかっていうと、うかれてた。

なるほどな。

あれだけモテるリアルに、いつまでも公式なカノジョができないのは、そういうことか。

リアルの弱みをにぎってテンションがあがったぼくは、先生につげ口をこころみた。

「リアルは甲斐先生のこと、ビビるっていってました」

アッハハハ！

大ウケしている橋本先生に、甲斐先生は冷静にいいかえす。

「笑うところじゃないと思いますけど」

すげぇ、超《ちょう》クール。だけどここはやっぱり笑うところだよ、先生。

帰るとき、校門の近くでサジを見かけた。リアルのサッカーを「見学」するために、一度帰ってもどってきたらしい。

サジはぼくに気がついて、にこっと笑う。「放送、終わったんだ？」

「うん。リアルなら、さっき帰ったばっかりらしいから、しばらくこないと思うよ」

「飛鳥井くんって、秋山くんと仲いいんだね」

「仲いいっていうか、家がとなりなんだ。あと、とうさんたちがおなじ大学ってだけ」

「ふぅん。秋山くんってさぁ、かっこいいしやさしいし、なんか正義《せいぎ》の味方みたいだね。

前の学校には、あんな子いなかったな」

サジは目をかがやかせて、ぼくの言葉を待っている。すっかりリアルのとりこだな。

「うん。リアルはすごいやつだよ」

「きっと弟か妹がいるでしょう？　登校班《とうこうはん》のこととか、委員会のこととか、ぼくにいろいろ教えてくれたし、めんどうみがよさそう」

「あー……」

ぼくはサジから目をそらした。こまる質問《しつもん》だ。でも、うそをついてもアレだしな。

「えっ」

「むかしは弟がいたけど、いまはいない。小さいときに死んじゃったんだ」

どうして？　とかきかれたらなんて答えようかと思ったけど、サジはそれ以上なにもきいてこなかった。ショックを受けているのがバレバレで、ちょっとかわいそうになる。

「びっくりするよな、ふつう」

「うん、びっくりした……」

「けっこう知ってるやつもいるんだけどさ。でも、だからってあんまり、なんていうか、ほら、なぁ？」

なぁ？　ってなんだよ。ぼくは自分で自分につっこむ。言葉がうまく出てこない。でもサジは察してくれた。

「うん、わかった。その話はもうしない。教えてくれてありがとう」

「いや、べつに。じゃあな」

いまリアルと会ったら、たぶんおかしな態度《たいど》をとってしまう。だからすれちがわないように、ぼくはわざと遠まわりをして帰った。

あーあ、こういうところが、ぼくって根性《こんじょう》なしなんだよな。


「リアルとおなじクラスだったらしいな。テツがよろこんでたぞ」

出張《しゅっちょう》から帰ってきたとうさんが、うれしそうにそういった。

みんなそろって、リアル、リアル、リアル。もう、うんざりだ。

だけど、おじさんがよろこんでいたっていうのは、初耳だった。テツっていうのは、リアルのとうさんだ。

「おじさんが？　ホントに？　なんでだろ」

「渡《わたる》とリアルはタイプがちがうから、おたがい吸収《きゅうしゅう》できるものが多いだろう。とうさんとテツもそうだったから、なんとなくわかるんだよ」

「キューシューねぇ」

たしかに、「リアル効果《こうか》」はすごいパワーだ。だけど、リアルがぼくからなにか吸収《きゅうしゅう》できるかどうかは、ちょっとギモン。

「なんでみんな、リアルの話ばっかりすんだろう」

「なんだ、不満か？」

「ぼくはリアルのおまけじゃないんだけど」

「おいおい、だれもそんなことはいってないだろう」

「いってはないけど、思ってるだろ」

リアルのとなりの家に住んでいる飛鳥井渡。そういうふうに、ぼくはこれまでよくいわれてきた。だけど、飛鳥井渡のとなりの家に住んでいるリアル、といういいかたはされない。

いつもリアルが中心だ。主役はリアル。ぼくは脇役《わきやく》。いっしょにいるかぎりは、きっとずっとそう。そういうのって、けっこうしんどいんだよ。わかんないかなぁ。

とうさんは「やれやれ」というように、肩《かた》をすくめた。

「渡は渡、リアルはリアル。ピアノの鍵盤《けんばん》に、ひとつひとつちがう音があるのとおなじさ。ひとつでも欠けたら、音階は成立しない。正しい和音も作れない。一音ずつが、ひとしく大切なんだ。曲目によって使用頻度《しようひんど》はちがっても、ドが主役で、それ以外は脇役だなんて、かんたんにいえないだろ。わかるか？」

とうさんはピアノの調律師《ちょうりつし》だ。ときどきこんなふうに状況《じょうきょう》をピアノにたとえるけど、はっきりいってぼくにはピンとこないことが多い。ぼくはあいまいにうなずいた。

「それに、なんだかんだいって、おまえもリアルのことは好きだろ？」

「そりゃ、好きだけどさ」

「だけど、なに？」

「きらいだったら、ほっとけばいいだけじゃん。好きだから、いろいろやっかいなんだよ」

ぼくはそういいすてて、自分の部屋に逃《に》げこんだのだった。

②ぼくたちの知恵《ちえ》
合唱祭♪イントロクイズ♪登校拒否《とうこうきょひ》？

五月最初の学活。議題は三つ。
・ベルマーク回収《かいしゅう》（これは議題じゃないか）
・家庭訪問《かていほうもん》の順番決め
・合唱祭の伴奏者《ばんそうしゃ》決め
回収日のたびに、リアルは大量のベルマークを封筒《ふうとう》いっぱいにして持ってくるけど、あれはいったいどこで手にいれてくるんだろう。友だちの数が多いやつは、たいていベルマークを集めるのがうまい。ぼくなんて、たったの五枚《まい》だぜ。

それはともかく、家庭訪問の順番が、リアルの次に決まってしまった。家が近いから、どうしてもおなじ日になってしまう。どうせならリアルより先がよかったんだけど、おじさんがその時間しかあいていないらしいので、これはしかたない。

「甲斐《かい》先生、おれんちで写真とろうよ。安くしとくよ」

またリアルが甲斐先生にからみはじめた。いつものように、先生は笑ってそれをかわす。

「それ、なんのために？」

「お見合い写真！」

「よけいなお世話だわ」

けっこうつめたくいわれているのに、リアルはこりない。

「とりたいときはいつでもいってよ」

そっか、甲斐先生ってドクシンなんだ。まぁ、ドクシンってかんじするよな。甲斐先生にウエディングドレスとかエプロンとか、ちっとも似合《にあ》わない。きっと髪《かみ》の毛《け》が短すぎるからだ。髪が長ければどうだろう。

ぼくはそう考えて、甲斐先生の髪がのびたところを想像《そうぞう》してみた。

あれ？

またださ、このかんじ。なつかしいような、でもちょっとさみしいような、この気持ちはなんだろう。もうちょっとで思い出せそうなんだけど。

じっと顔を見ていたら、

「なに、飛鳥井《あすかい》？」

甲斐先生がへんな顔でぼくを見かえした。ぼくはあわてて「なんでもないです」と首をふる。あーあ、思い出せそうだったのに、わからなくなっちゃった。

「さて、みんなも知ってのとおり、再来月《さらいげつ》には合唱祭があります。曲は先週の学活で決めましたね」

「『君をのせて』！」

だれかがさけんだ。甲斐先生はそれにうなずいて、

「ただね、ひとつ問題があります」

そして、クラスを見まわしていった。

「伴奏《ばんそう》できる人がいない」

「でも藤間《ふじま》は？　ピアノめっちゃうまいじゃん」

野宮《のみや》がそういったけど、藤間は四月からずっと学校を休んでいる。

「そうだね、先生も藤間をあてにしていたんだけど、ちょっとむずかしいかもしれない。ほかにピアノひける人、いない？」

だれも手をあげない。へぇ、ほんと？　こんなに女子がいるのにね。

そのとき、リアルが信じられないことをいいだした。

「先生、アスカがピアノうまいよ」

「エッ」

ぎょっとしすぎて、トリハダがたった。

なんてことをいうんだ、リアルのやつ！　リアルの座《すわ》っているいすを、ぼくは思いっきり下からけとばした。

「そうなの？　ひけるの、飛鳥井」

甲斐先生が意外そうにぼくにきく。クラスメイト全員が、ぼくを見ている。ぼくはあわてて両手と首を横にふった。

「いやいやいやいや。ぼく、ピアノ習ったことなんかないです」

「でも、ひけるじゃんか。しかもうまいじゃん」

「それは……」

うちにとうさんのピアノがあるから、てきとうにひいているだけだ。まぁ、合唱の教科書にのっているレベルの曲なら、練習すればたぶんひける。

だけどそういう問題じゃない。ぼくは伴奏《ばんそう》なんてごめんだ！

そもそも、ピアノをひけるってことは隠《かく》していたんだ。よりによって、こんなところでバクロしなくたっていいじゃないか。これは「リアル逆効果《ぎゃくこうか》」だぞ。

ひけよ、やれよと、無理やりぼくに押《お》しつけるリアルにむかって、甲斐先生がちょっときびしくいった。

「リアル、ちょっとだまって。それで、飛鳥井の気持ちはどうなの？　譜面《ふめん》は見たよね。ひけそう？」

「あの、うちのピアノはこわれているので（うそだけど）、練習できません」

「音楽室のピアノでよければ、いつでも使ってかまわないよ。それに、音楽の先生に伴奏《ばんそう》をたのむっていう手もあるんだから、無理をしてひく必要もない。先生は飛鳥井のピアノをちょっときいてみたいけどな」

甲斐先生が逃《に》げ道《みち》を作ってくれたので、ぼくはすこしほっとした。なんだ、いい先生じゃん。でも、クラスメイトはあまくなかった。

「でもさぁ、伴奏が先生だと、伴奏部門の得点が入らないっしょ。それって勝てないじゃん」

「そうだよ。生徒ができるんだったら、やんなきゃ」

「ほかのクラスの伴奏者って、みんな女子だよね？　男子だとかえっていいかもよ」

完全に追いつめられたぼくの前で、リアルがへらへら笑ってやがる。

「へーき、へーき。いっしょに練習しようぜ、アスカ」

先に指揮者《しきしゃ》に決まっていたリアルが、気楽なかんじでぼくの肩《かた》をたたいてくる。

もういいかえす気力もなくて、ぼくはがっくりとうなずいた。


「なぁ、わるかったって。そんなにおこんなよ」

ぼくはひたすらリアルをムシして歩いた。そのあとからリアルはついてくる。

リアルに対してこんなに腹《はら》がたったのは、ちょっとはじめてかもしれない。

だってあまりに自分勝手すぎる。ぼくの気持ちなんかおかまいなしじゃないか。

ぼくはピアノをひけることは知られたくなかったんだ。男子がピアノなんかひけると、目立つんだよ。ぼくは目立つのがきらいなんだ。目立ちたがり屋のおまえには、一生わからないだろうけどな！

「でもさ、放送委員やってるくらいなんだし、おまえだって前に出るのがきらいってわけじゃないんだろ？」

放送は顔が出ないじゃないか。合唱祭は体育館に全校生徒が集まるんだぞ。ぜんぜんちがうよ。

ぼくが返事をしないままでいると、リアルがぽつんといった。

「だって、しょうがないじゃんか」

しょうがないだって？　なにがしょうがないんだよっ。

「ひけるんだったら、おれがひきたいんだよ。でも無理だし」

その声が、いつものリアルの調子とちがっていたので、ぼくは思わずふりむいてしまった。

「ごめん。だけどみんなもああいってたし、まんがいち先生の伴奏《ばんそう》になったりしたら、藤間が気にするだろ」

藤間が気にする……？

ああ、そういうことか。ぼくはピンときた。なんだよ、気が多いやつだな。甲斐先生じゃなかったんか。

「もしかして、藤間のことが好きとか？」

ぼくは気をきかせてきいたつもりだったのに、リアルはおかしな顔をしてぼくを見ている。

「おまえってさぁ、もしかして知らないの？」

「え、なにを？」

「藤間が休んでるわけ。まさか、仕事のせいだと思ってる？」

「ちがうの？」

もちろんぼくも知っていたけど、藤間は子役タレントの仕事をしている。

リアルはなんだか納得《なっとく》したようにうなずいた。

「そっか、おまえの耳には、ああいううわさが入ってこないんだな」

その言葉で、ぼくはキレた。プツンと。

「ばかにすんなっ」

おどろいたリアルが、一歩あとずさる。

「ぼくのこと、ばかにすんなよ！」

「してねぇよ、ほめたんだよ。くだらねぇうわさばっか、かげでいってるようなやつら、おれはきらいだね」

出たな。リアルの「おれはきらいだね」。

去年のバスの席決めのときも、こいつはたしかそういういいかたをしたんだ。きらいなものをきらいとはっきりいうのって、意外と勇気がいるんだぞ。リアルがそれをかんたんにできるのは、リアルがきらいっていったものは、みんなもつられてきらいになるからだ。

ぼくはしばらくリアルをにらんでいたけど、リアルの視線《しせん》があまりにまっすぐだから、ついに目をそらしてしまった。

飛鳥井渡《わたる》、ハイボク。目力《メヂカラ》でリアルに勝てるやつは、そうそういない。

「じゃあきくけど、藤間が休んでるわけってのは？」

「ぜってぇいうなよ。つっても、もうすでにうわさになってんだけど」

リアルはそう前おきして、ぼくに話した。


ことのはじまりは、四年のバレンタインだった。

その日、藤間愛莉《めり》は秋山璃在《あきやまリアル》にチョコレートをプレゼントした。リアルの話によると、それは「気合入りまくりの手づくり本命チョコ」だったらしい。

女子からチョコをもらったことがないぼくには、それがどういうものなのかまったく想《そう》像《ぞう》できない。くわしくきいてみたい気もしたけど、本題はそこじゃないので、とりあえずスルー。

「でもさぁ、藤間って、去年は三組じゃなかったっけ？　リアルは二組だろ？　なんでそういうことになったわけ？」

「おれが知るか。いつのまにか好かれちゃうんだよ」

「ああ、そうかよ。それはオメデトウ」

いちいちムカつくやつだな。一度でいいからいってみたいよ、そんなせりふ。

ぼくはこれまで藤間とおなじクラスになったことはないけど、かなり目立つ女子だから、顔と名前くらいは知っている。モデルとか女優《じょゆう》の仕事をしているってきいて、みんながすぐに納得《なっとく》できるくらい、すごくかわいい女の子だ。

ぼくから見ても、リアルと藤間はまさにベストカップルだと思う。ところが、リアルはホワイトデーにおかえしをしなかった。

「だってさ、藤間にだけおかえしするわけにはいかないじゃん。全員分おかえしするのがベストだけど、名前ついてないやつとかもあったし」

「名前ついてないって？」

「だから、机《つくえ》の中とか下駄箱《げたばこ》とかに、いつのまにか入ってたわけ。ちがう学年の子かもな」

「へーっ、すげぇ。そんなことって、リアルにあるんだな」

「おっ、うまいこというじゃん」

べつにシャレをいったつもりじゃなかったんだけど、リアルは勝手によろこんでいる。

「ふざけてる場合かよ」

「わるい、わるい。そんで、どこまで話したっけ？」

「だから、全員分はおかえしできないって」

「ああ、そうそう。だいたいさ、本命チョコにおかえしなんかしたら、それってつまり、そういうことになっちゃうだろ？　期待させちゃうじゃんか。それはおれ的にちょっと」

「ちょっと、なに？」

「だから、気持ちはうれしいけど、結果的にめいわく、みたいな」

「はっきりいうなよ」

「いわせたのはアスカだろ」

つまり、リアルは藤間のことをなんとも思ってないってことか。ちょっと興味《きょうみ》があって、ぼくはリアルにきいてみる。

「ほかに好きなやつでもいるの？」

「ばっ、べっ、べつにいねぇよ。いねぇし」

うわ、わかりやす。

ぼくからそんなことをきかれると思わなかったのか、リアルはひどくうろたえた。やっぱり甲斐先生なのかな。まぁ、本題はそこでもないので、ぼくは話を進める。

「なるほどね。それで、リアルとおなじクラスになっちゃったから、気まずくて出てこられないってことか」

「そういうこと」

「でもさ、藤間って、いまドラマ出てるじゃん。原田真樹《はらだまき》が先生役のやつ」

「ああ、らしいね。塾《じゅく》の曜日だから見てないけど」

見てやれよ。クラスメイトがテレビに出てるんだぞ。録画してでも見ろよ。

でも、そうだった。ヨユーなかんじでふつうにしているから、ときどきうっかりわすれてしまうけど、リアルはこれでなかなかいそがしい小学生なんだった。ドラマを見ているひまなんか、ないのかもしれないな。

「ぼくは毎週見てるんだけど、けっこうせりふとかもあって、おいしい役みたいだよ。だからべつにリアルのこととは関係なくて、ほんとうにいそがしくて休んでるだけなんじゃないの？　ドラマの撮影《さつえい》って大変そうだしさ」

「もしそうだとしても、みんながそう思ってなきゃ、意味ないだろ」

「まぁ、そうだけど」

でも、たとえリアルが原因《げんいん》で休んでいるとしても、それってリアルがわるいわけじゃないような気がするけど……。

ぼくが首をひねっていると、リアルは石ころをけとばしてこういった。

「とにかく、これで先生の伴奏《ばんそう》になってみろ。優勝確率《ゆうしょうかくりつ》ゼロの合唱祭にむけて、みんなまともに練習すると思うか？　しらけるに決まってる。クラスがバラバラになるのも時間の問題だね。そしたら藤間だって責任《せきにん》感じると思うんだ。あいつ、ピアノうまいって有名だし、甲斐先生もあてにしてたっていってたろ」

ああ、そうか。

リアルは自分がせめられることより、そっちに問題意識《もんだいいしき》を持っているんだな。

こういうところが、ほんとうにこいつはすごいよな。自分のことよりも先に、まわりのことを考えている。自分ひとりが我慢《がまん》して、それで全体がうまくいくなら、リアルは迷《まよ》わずギセイになるだろう。そんなこと、ぼくにはとてもできそうにない。

あ、やばい。なんか、落ちこんできた。

ぼくが暗くなったのを見てかんちがいしたらしく、リアルはぼくに頭をさげてきた。

「ま、それでおまえを巻《ま》きこんだのは、やっぱりおれがわるかったよ。ごめん」

「いや……うん。でもさ」

「だいじょうぶ、ほかにも手はある」

「えっ、どんな?」

「甲斐先生に正直に話して、おれのクラスを変えてもらう。そしたら藤間もくるだろ」

なんだって? ぼくの脳内《のうない》で危険信号《きけんしんごう》が鳴った。ピーッ!

「それはまずい!」

リアルはふしぎそうな顔でぼくを見かえしてくる。

「なんでだよ？」

「なんでって……」

リアルがべつのクラスになってしまったら、五年一組の出席番号一番が、ぼくになってしまうじゃないか。

まさかの学年代表。だれにとっても想定外の期待はずれだ。

それだけはまずい。断固《だんこ》、阻止《そし》！

「学年のとちゅうでクラスが変わるなんて、不自然すぎてかえって逆効果《ぎゃくこうか》っていうか、その前にそんなことしてもらえないと思う」

「じゃあ、どうすりゃいいの？」

リアルのうわめづかいに、ぼくはなにもいえなくなる。

あ〜あ、もうどうにでもなれ。

「わかったよ、やるって！　やりゃあいいんだろ？　そのかわり、藤間がもどったらすぐに交代だかんなっ」

リアルはにんまり笑って、ぼくの肩《かた》をぽんとたたいた。

「サンキュ。たよりになるなぁ、アスカは」

なんとなくはめられた気がする。こいつ、どこまで計算してやってんだか。

「音叉《おんさ》」という調律工具《ちょうりつこうぐ》は、形がアルファベットのYに似《に》ている。

音叉をひざでたたいて鳴らし、とうさんはその音に耳をすませ、鍵盤《けんばん》を鳴らした。
ラ、ラ、ラ
しんみょうな顔つきで、音叉の音と、ピアノの音とをききくらべている。

箱型ピアノのふたを開けると、そこにはたくさんの弦《げん》が張《は》られている。とうさんはチューニングハンマーをチューニングピンに差しこみ、しめたりゆるめたりしながら音の高さを調節している。ひとつひとつの音が、もっとも純粋《じゅんすい》で美しい音になるように。

そういう作業を、すべての音が正しい音になるまでくりかえす。これがピアノの調律だ。

とうさんは大手の調律事務所《ちょうりつじむしょ》に所属《しょぞく》していて、たくさんのピアノを担当《たんとう》している。遠いときは泊《と》まりで出かけることもあって、そういうときとうさんは、「ピアノに会いにいってくる」なんていう。とうさんはピアノが大好きなんだ。調律をしているとき、調律師《ちょうりつし》はピアノと会話をしているらしい。

合唱祭で伴奏《ばんそう》をやる、かも。

そういったら、とうさんは予想どおりすごくよろこんで、すぐに調律をしてくれた。うちにある小型のアップライトピアノは、とうさんが子どものころに買ってもらったピアノで、いまはもうぼくしかひいていない。たぶんとうさんは、ピアノをひくことよりも、ピアノの音をきくことが好きなのだ。

「一曲ひいてみろよ」

そこでぼくは、暗譜《あんぷ》している「エリーゼのために」をひいてみせた。ひき終えると、とうさんは力強くうなずいた。

「うん、いい音だ」

「そうかな。ぜんぜんちがいがわかんない」

「……おまえ、指はよくまわるのになぁ。じつにおしい」

そう。ぼくははっきりいって、オンチだ。音の高さや低さがよくわからない。

カラオケはみじめなことになるのでいかないし、歌のテストの日はおなかが痛《いた》くなる。ピアノの伴奏者《ばんそうしゃ》（仮《かり》）になってよかったと思うのは、合唱で音を外す心配がなくなったってこと。それだけはリアルに感謝《かんしゃ》しなくちゃいけない。

調律師《ちょうりつし》のとうさんは、とうぜんすごく耳がいい。つまりこれはかあさんからの遺伝《いでん》ってことになる。たしかに、かあさんの料理中の鼻歌には、けっこうな破壊力《はかいりょく》がある。

「どうせ音程《おんてい》わからないんだから、調律なんかしなくてもよかったのに」

「いやいや、ピアノの音程《おんてい》っていうのはな、なかなかデリケートな問題なんだぞ。この部屋、エアコンも加湿器《かしつき》も使い放題だろ。そういうのが影響《えいきょう》するんだよ。それに、狂《くる》った音で練習してたら、ますます耳がわるくなる」

「いいよ、べつに。調律師《ちょうりつし》になるわけじゃないし」

「まぁ、そうだな。やる気がなけりゃ、目指せない仕事だ。それで、合唱の曲はなんなんだ?」

「『君をのせて』。作詞《さくし》は宮崎駿《みやざきはやお》なんだよ」

「ああ、ナウシカの」

「ナウシカじゃないよ、ラピュタだよ」

「おなじようなもんだろ」

「ぜんぜんちがうって。ファンがきいたらおこるよ」

とうさんは調律にはきびしいけど、それ以外のことにはこだわりがない。

その日はがんばって伴奏《ばんそう》の練習をした。

とうさーんがーのこしたー　あつーいおーもーいー
の部分が好きだなぁと思った。……あ、曲の話ね。

三日後の昼休みに、ぼくは音楽室のピアノを借りることにした。キーの動きかたやペダルの機能《きのう》にちがいがあるらしいので、グランドピアノになれておく必要がある。とうさんからの熱い想《おも》いを受けて、ぼくはそうすることにした。

こっそり職員室《しょくいんしつ》にいくと、甲斐先生のところにリアルがいた。サッカーボールをわきにかかえている。

「おっ、アスカやーん！　アスカもサッカーすると？　人数多いほうが楽しいけん、かまへんよ」

「なに弁《べん》だよ……」

「おれ弁。オリジナリティのついきゅー」

ぼくはリアルをムシして、甲斐先生に話しかけた。

「先生、音楽室のピアノを借りたいんですけど」

「ああ、いいよ」

甲斐先生はリアルにわざときこえるように、

「リアルに押《お》しきられたかと思って心配していたけど、はりきっているみたいじゃないか」

「先生、ひでぇ！」

はい、押《お》しきられたんです。

よっぽどいってやろうかと思ったけど、甲斐先生に心配をかけるのはわるいと思ってやめた。

第二音楽室の鍵《かぎ》を借りて職員室《しょくいんしつ》を出ると、リアルもいっしょについてきた。

「なぁ、おれもいってもいい？　音楽室」

「え？」

「練習、つきあうよ」

「いいよ、べつに。サッカーしてろよ」

「音楽室にひとりぼっちはぶきみだぞぅ。アスカがベートーベンに呪《のろ》われたらこまるし」

「いまどきそんなんで呪われないから」

「あの目、ビーム出そうだよな。ベートーベンビーム」

「飛鳥井くん、ぼくもいっていい？」

リアルのくだらない話に気をとられていたぼくは、後ろから声をかけられてとびあがった。

「あっ、ごめん。びっくりさせちゃった？」

サジだった。口に手をあてて、おろおろしている。

今日のサジは、水色のシャツの上から白いベストを着ている。

最初に見たときは、「白ベストかよ、おぼっちゃまルックかよ」って思ったけど、完全に似合《にあ》っているから、なにもいえねー。

ちなみにぼくとリアルはジーンズにTシャツだけど、デザインや色のあわせかたでランクは五つくらいちがっている。もちろんリアルが上、ぼくが下。

リアルはサジに笑いかけた。

「よし、アレだ。三人よればもんじゃの知恵《ちえ》」

「もんじゃじゃなく、文殊《もんじゅ》な。文殊の知恵」

「あはは」

ぼくのつっこみにサジが笑う。国語の教科書にそのことわざが出てきてから、リアルはボケの使いどころをさがしていたらしい。あまりとりえのない人でも、三人集まればいい知恵が出るものだっていうたとえだ。

第二音楽室は北校舎《きたこうしゃ》の五階にある。五階には六年生の教室しかないから、音楽の授業《じゅぎょう》のときにしかいかない。毎日五階までのぼらなきゃならないなんて、六年生は大変だ。

音楽室の鍵《かぎ》を開けようとしたら、

「あれっ、リアルじゃんか」

近くを通った六年生に声をかけられて、リアルがあいさつをしている。サッカークラブの人かな。リアルはマジで顔が広い。校内を歩くだけで、いろんな人から声をかけられる。

「さ、早く練習しようぜぇ」

リアルにせかされて、ぼくはピアノの譜面台《ふめんだい》に合唱曲集の分厚《ぶあつ》い教科書を広げた。気のきくサジが譜面を押《お》さえてくれる。

「めくるとき、いってね」

そしてぼくは「君をのせて」を演奏《えんそう》した。とうさんのいったとおり、グランドピアノのほうがキーの連打がスムーズだ。何度かつっかえたけど、もうちょっと練習したらだいじょうぶそうだ。

ひき終わると、ふたりは拍手《はくしゅ》をしてくれた。

「すげぇ、ひけてんじゃん！」

「すごい、すごい。飛鳥井くんってほんとうに上手なんだね」

「いや、でもぼくはちゃんと習ってるわけじゃないし、藤間のほうがきっとうまいよ」

「ああ、藤間さんかぁ。ずっとお休みしてるよね」

しまった。

転校してきたばかりのサジは、リアルと藤間の事情《じじょう》を知らないはずだ。

そのとき、

「タラタラランラン、タンタララーラーラー♪」

とつぜんリアルが大声で歌いだしたからビビった。話のそらしかたがトートツすぎるんだよ。サジも目が点になっている。

「この曲、なんだか知ってる？」

「はい？」

「だぁかぁらぁ、タラタラランラン、タンタララーラーラー、だって」

「ぜんぜんわかんねぇよ。歌詞《かし》は？」

「それが英語なんだよなぁ。ＣＭできいたんだけど、すげぇいい曲でさ。でもタイトルがわからないんだ」

「ネットで調べればいいじゃん」

「なんのＣＭだった？」

サジがおずおずと口をはさむ。

「わすれちった。曲のその部分だけおぼえてるんだけど、どうやって検索《けんさく》すりゃいいのかな。あ、あと、歌ってるのは男だった」

ＣＭの曲って、けっこうカバー曲も多いからなぁ。声が男ってだけじゃ、あんまり手がかりにならない気がする。

だけど、心やさしいサジはいった。

「もしわかったら、教えてあげるね」

「たのむー、マジで気になる」

サジを見ならって、ぼくも協力することにする。もしかしたら、とうさんにきけばわかるかもしれないし。

「ちなみに、ジャンルは？」

「ジャンル？」

「ロックとかポップスとか、いろいろあるじゃん」

「ぜんぜんわかんねぇ。それ、どうやってききわけんの？」

そういわれると、ぼくにもわからない。レンタルショップのロックコーナーにあるのはロックで、ポップスコーナーにあるのはポップスだ。

「じゃあ、曲の特徴《とくちょう》は？　楽しい曲？　はげしい曲？」

「いや、どっちかっていうと、静かな曲だな」

「えっ、静かなの？」

ぼくは耳をうたがった。さっきの歌の、どこが静かだよ。

「だったら静かに歌えよ。さっきのは元気すぎるだろ」

「オレ・アレンジ」

「アレンジすんな。静かってことは、バラードとか？」

リアルはぱちんと手をたたいた。

「そう、それ！　バラードだ、バラード」

「秋山くん、さっきの、もう一回歌ってみてくれる？」

サジがリアルにリクエストした。ぼくも追加注文する。

「バラードっぽくな」

そこでリアルがもう一度、さっきよりも静かにバラードっぽく歌った。

「タラタラランラン、タンタララーラーラー♪」

「じゃあ、こんなかんじ？」

横からサジの右手が出てきたかと思ったら、その指が鍵盤《けんばん》をたたいた。

ソファ　ソソソ　ソー　ファファァ　シ♭ファ　ソーファー
ぼくとリアルはあっけにとられて、サジの顔を見た。

「すげぇ！　リアルの歌とおなじだ！」

「サジもピアノひけんの？」

「えっ、ひけないよ。音楽で鍵盤ハーモニカやったくらい」

「でも、きいた音をすぐにひけるって、才能《さいのう》ないとできないよ」

キョウガクだ。ぼくには絶対《ぜったい》にできない。サジははずかしそうにして、手をひっこめてしまった。

「そんな、大げさ。たまたまだよ。秋山くんの歌がうまかったし、飛鳥井くんがいろいろ推理《すいり》してくれたから、曲のかんじがつかみやすかったんだ」

「おおっ。やっぱおれたち、三人よればもんじゃの知恵《ちえ》じゃん！」

「あ、ホントだ」

たしかに、と感心していると、リアルがぼくの耳もとでいった。

「ホントだ、じゃねぇだろ。そこはつっこめよ、アスカ」

「あっ。……それをいうなら、文殊《もんじゅ》だろ」

「おっせぇよ。しかもボーヨミ」

ぼくとリアルのやりとりをきいて、サジはおなかをかかえて笑っていた。

給食のデザートに出てくる冷凍《れいとう》みかんを、サジははじめて見たらしい。

「前の学校はお弁当《べんとう》だったから」

そういえば、冷凍《れいとう》みかんって給食でしか見たことがない気がする。家でも作れるものなのかな。

「つめたくてむけない」

サジがこまっているのを見て、リアルが「しょうがねぇな、むいてやるよ」っていいだした。ぱっと顔をかがやかせたサジが、「ホント？」とききかえす。ぼくの目の前で、サジの手からリアルの手に冷凍みかんが渡《わた》された。

リアルとサジとぼくは席順でおなじ一班《ぱん》になったから、給食も掃除《そうじ》も理科の実験も、いっしょにやっている。

音楽室で「もんじゃの知恵《ちえ》」を発揮《はっき》してから、ぼくたち三人の距離《きょり》はだいぶ縮《ちぢ》まった。ぼくはリアルとぎくしゃくしなくなったし、サジとぼくは短い休み時間にもけっこう話すようになった。

問題なのは、リアルとサジなんだ。

リアルはいつだってめんどうみがいいやつだけど、サジに対しては、なんていうか、ちょっとカホゴすぎると思うんだよな。まぁ、おとなしくてからだも小さいサジのことを、ほうっておけない気持ちはわかる。サジにとっても、リアルはたよれる兄貴的《あにきてき》な存在《そんざい》なのだ。

でも……。

サジがリアルにみかんの皮をむいてもらっているのを見て、むかいあって座《すわ》っている一班《ぱん》の女子たちが、目くばせしながらくすくす笑っている。

リアルはそんなの気にしないタイプだし、サジにはリアルしか見えていない。いまだって、あいだにいるぼくにくっつくようにして、リアルの手もとをじっとのぞきこんでいる。

サジ、そこにあるのは、ただのみかんだぞ。大げさなやつだな。リアルが皮をむいたからって、みかんがメロンに変わるわけじゃない。

「リアル、うちもむいて。自分じゃむけなーい」

「うちもー」

「じゃあ、うちも」

やけにあまえた口調でいいながら、女子三人は自分たちのみかんをリアルの机《つくえ》の上にならべた。これはサジをからかっているのだ。

そうだよな。冷凍《れいとう》とはいえ、みかんの皮を自分でむけないって、どういうことだよ。

サジは女子たちの視線《しせん》にようやく気がついて、赤くなってうつむいた。

ところがリアルはまったく気づかずに、

「えー、しょうがねぇな」

っていいながら、女子たちのみかんの皮をむいてやっている。この天然め。

「おまえも？」

リアルがぼくにまできいてきたので、サジにはきこえないように、「アホか」といいかえした。


またべつの日の給食の時間。

水曜日の給食の放送は、ぼくたち五年一組が担当《たんとう》になった。

「みなさん、こんにちは。給食の放送です。はじめに、給食委員から『今日の献立《こんだて》』をお伝えします」

給食委員がゴーヤチャンプルーについて解説《かいせつ》しているあいだに、ぼくは次に流すＣＤの準備《じゅんび》をはじめる。

ぼく以外の三人の女子は、放送委員になることよりも、三人でおなじ委員会に入ることが目的だったみたいで、あまり積極的に活動してくれない。アナウンスもはずかしがってやってくれないし、それどころか放送室にさえ入らないで、となりの視聴覚室《しちょうかくしつ》でおしゃべりしながら先に給食を食べている。

たまに腹《はら》がたつけど、注意して気まずい雰囲気《ふんいき》になるのもどうかと思う。

こういうとき、リアルだったらうまくやるんだろうなぁ。いや、そもそもリアルがまじめにやっていたら、まわりもつられてまじめにやるか。

今日のＣＤは、クラスからリクエストのあったアイドルのニューアルバムだ。アンケート用紙を用意して、人気の高かったものにしてみた。ぼくはそのアルバムを持っていなかったから、持っていた野宮に借りた。……正確《せいかく》にいうと、リアルにたのんで野宮から貸《か》してもらった。

「今日は五年一組からのリクエストで、アイドルグループ『りんごオレ』のニューアルバムをお届《とど》けします。それでは、おききください」

アルバムの一曲目が流れはじめたところで、ぼくはいったん視聴覚室《しちょうかくしつ》に移動《いどう》した。

「よう、アスカ」

なぜかリアルがそこにいて、女子の三人組といっしょにもりあがっている。ぼくは思わず眉《まゆ》をひそめた。

「なにやってんの？」

「なにって、おまえの給食、持ってきてやったんだよ」

「え、サンキュ。いつもトシにたのんでるんだけど」

「吉沢《よしざわ》は給食当番！　エダマメ大もりにしてもらったんだぞ。だからさ、ちょっと入らしてくんない？　テレビ局のスタジオみたいになってんだろ？」

「だめ」

放送委員以外の生徒が中に入るには、顧問《こもん》の先生の許可がいる。

「早く帰れよ。先生におこられるぞ。それにサジがかわいそうだろ」

ぼくとリアルがいないと、一班《ぱん》は男子がひとりきりだ。女子三人はサジをからかうし、今日も冷凍《れいとう》みかんがある。

「ちぇー」

リアルは口をとがらせながら、教室にもどっていった。

給食のプレートを見ると、たしかにエダマメは大もりになっていたけど、ぼくはマメ類が苦手なんだ。よけいなことをしてくれやがって。

「ねぇね、アスカっち」

ぼくは牛乳《ぎゅうにゅう》をふきだしそうになる。アスカっち？

「リアルのとなりの家なんだって？　ぜんぜん知らなかったよ。なんでいってくんなかったの」

放送委員のひとり、美川春菜《みかわはるな》とは、去年もおなじクラスだった。去年までのクラスでは、あだ名でよばれるどころか、ちゃんと話したことすらなかったのに。リアルのやつ、ぼくのことをなんかしゃべったんだな。

「べつに。そういう話題にならなかったから」

「えー、話題作ろうよ。いいなぁ、リアルとおさななじみとか。かわってほしい」

「美川って、リアルのこと好きなんだっけ？」

「まぁね」

そのとき、とつぜん思い出した。幼稚園《ようちえん》のときに、「りあるー、ちゅーしよー」とかいいながら、リアルにつきまとっていた女の子たちのことを。べつにそれが美川だってわけじゃないけど、なぜか思い出した。

おなじクラスになって気がついたけど、リアルを好きになる女子は、リアルを好きなことを隠《かく》そうとしないことが多い。

それって、リアルを好きな女子がすげー多いってことと、関係している気がする。なにしろ、クラスの女子の半分はリアルのことが好きなのだ。競争率《きょうそうりつ》が高いから、アピールしないといけないってことなのかな。そういや、就活《シューカツ》でもいちばん大切なのは「自己《じこ》アピール」なんだって、テレビでやってたし。

だとしたら、藤間もそうだったんだろうか。

藤間はまだ学校を休んでいる。あれから何度か音楽の授業《じゅぎょう》があって、ぼくは合唱の伴奏《ばんそう》をした。たいして練習していないくせに、リアルの指揮《しき》はけっこうサマになっていて、やっぱりこいつはすごいと思った。

はじめはいやだったけど、やってみると伴奏はけっこう楽しくて、このまま本番もやってもいいかも、なんて思ったりする。だけど藤間のことを考えると、このままでいいとも思えない。

そう思っているのはリアルもおなじみたいで、たぶんぼくしか気がついていないと思うけど、ときどき藤間の席を見てぼんやりしていることがある。

「リアルって、ひとりっこなんでしょ？　なんか意外だね」

美川がぼくにきいてきた。言葉をつまらせたぼくのかわりに、小松《こまつ》と綿貫《わたぬき》がくちぐちに答える。

「ひとりっこじゃないよ。たしか弟がいるんじゃなかった？」

「でも、いっしょには住んでいないみたいだよね。ほら、リアルんちって、おかあさんいないから……」

「えっ、そうなの？　リコンしたの？」

「さぁ、よく知らないけど。リアルって、あんまり家のことしゃべらないんだよね」

「でもこの前、きょうだいいないって、いってた気がするんだけど……」

美川は納得《なっとく》していない。

話をふられたくなかったから、ぼくはあわてて放送室にもどろうとした。

「あれ、アスカっち、食べないの？」

「……あとで食べる」

ぼくがリアルとおなじクラスになりたくなかったのは、リアルとくらべられるのがいやだっていうのもそうだけど、それ以外にもうひとつ理由があった。

それは、リアルの家の事情《じじょう》に関係している。

あの事故《じこ》があってから、リアルは弟のことを一度も口に出さない。それからおばさんのこともそうだ。

ふだんの明るいリアルを見ていると、あんなことがあったなんて、なんだかいまだに信じられないんだよな。もっというと、なんかちょっと不自然だよなって、そう思ってしまうときがある。

だけどそんなことをいったって、ぼくになにかができるわけじゃない。命にかかわる問題は、十歳《さい》のぼくにはまだ重すぎる。

リアルが事故《じこ》のことを話しはじめたとき、正しい反応《はんのう》ができるかどうか、ぼくにはひどく自信がなかった。そんなつもりはなくても、リアルを傷《きず》つけるようなことをいってしまうんじゃないかって、それがすごくこわいんだ。

ぼくはアルバムを四曲目の終わりで停止させた。そろそろタイムオーバーだ。

「あ、しまった」

ヒットしたシングルは五曲目じゃないか。

教室でブーイングが起こっていないことを祈《いの》ろう。

合唱祭まであと一か月。

毎日昼休みになると、ぼくは音楽室のピアノを借りて練習するようになった。

すると、たまにサジがついてくる。

転校してきて二か月以上たつけど、サジはクラスでぼくとリアル以外とはほとんど話さない。ひかえめではずかしがり屋のサジが、ああいう性格《せいかく》のリアルにあこがれる気持ちは、なんとなくわかる。

「秋山くんと藤間さんって、両想《りょうおも》いなの?」

音楽室でそうきかれて、ぼくは思わずかたまった。

なんか男どうしでそういうハナシすんのって、ちょっとダサい。だけどリアルといっしょにいると、そういうハナシと無関係ではいられないらしい。

「ええと、どうして？」

「秋山くんって、学校にくるとまず藤間さんの席を見るから」

「……マジ？」

ぼくがそういったのは、サジがそのことに気づいていたってことにおどろいたからだ。よく見てるなぁ。サジは大まじめな顔でうなずいた。

「マジだよ。それに、一組の女子はみんな秋山くんのことが好きみたいだから、藤間さんもそうなのかなって」

「うーん……。サジ、きいてない？　去年のクラスのこと」

ふるふると首をふるサジ。

どうしよう。リアルには口どめされたけど……。でもすでにうわさになっているらしいし、みんなのいるところでおなじ質問《しつもん》をされたりしたら、ひじょうにこまるよ。

「だれにもいわないって約束するなら、教えてやるけど」

「いわないよ」

「絶対《ぜったい》だぞ」

カチカチうるさいメトロノームをいったん止めて、藤間が休んでいる理由について、リアル本人からきいたことをざっと話した。

サジはしばらくなにか考えこんでいたけど、休み時間が終わるころにこういった。

「いってみない？　藤間さんのとこ。秋山くんにはひみつで」

「えっ」

「藤間さんが学校にきたら、秋山くんはほっとするよね」

「……あんまりよけいなことしないほうがいいんじゃない。リアルはいやがるかもよ」

「だからひみつで」

ぼくがしぶっていると、サジはこんなことをいった。

「ぼくもね、学校にいけなくなっちゃったことがあるんだ。だから藤間さんの力になりたいなって」

「……へぇ」

こんなことといいたくないけど、それってなんかちょっとうそっぽいと思った。うそってというか、キレイゴトっぽい？

だってサジは、藤間のことなんかなにも知らないわけだし。テレビに出ているといっても、藤間はそれほどの有名人ってわけじゃない。そんな相手を、本気で心配するかな。

つまり、あれだな。サジはリアルをよろこばせたいだけなんだよ。

「それってさ、ぼくもいかなきゃだめなわけ？」

「ぼく、藤間さんと知りあいじゃないし」

「ぼくだって知りあいってわけじゃないよ」

「ぼくよりは知ってるでしょ」

「……でもさ、藤間っていちおう芸能人《げいのうじん》だし、なんかちょっといきづらくないか？」

「ぼくはそういう差別ってあんまり好きじゃない」

「差別ってわけじゃないけど……」

なんだ、サジのやつ、ぼくに対してはけっこう強気だな。班《はん》の女子にからかわれても、なにもいいかえせないくせに。

次にサジは、ピアノのいすに座《すわ》っているぼくを見おろして、なんかちょっと勝ちほこったみたいな顔でいった。

「藤間さんがもどったら、飛鳥井くん、伴奏《ばんそう》しなくてすむよね」

「あ」

「いやなんでしょ？　伴奏」

「おまえ、性格《せいかく》わりぃぞ。キョウハクしてんじゃねぇよ」

サジはきれいな顔でにっこり笑った。こいつ、目的のためなら手段《しゅだん》を選ばないってタイプだな。

でも、そうだった。ぼくの伴奏《ばんそう》は、あくまでも藤間の代理なんだった。

「わかったよ。じゃあ、甲斐先生に藤間の家の場所きいといて」

「わかった！　ありがと」

伴奏がちょっと楽しくなってきたなんて、やっぱいまさらいえないよな。

藤間の家は、ぼくが知っている家の中で、どう考えてもいちばんすごかった。

まず、まるで巨大《きょだい》なブロックが積みかさなったような個性的《こせいてき》なデザインが、いかにも芸《げい》能人《のうじん》が住んでますってかんじだ。庭もすげぇ広い。きっとでかい犬小屋があるにちがいない。

「すっごいねぇ。未来の映画《えいが》に出てくるおうちみたい」

「そういえば、藤間の親も芸能関係らしいよ」

「へぇ、俳優《はいゆう》さんなの？」

「なんだっけ、父親がプロデューサーで、母親が舞台女優《ぶたいじょゆう》とか、そんなかんじ」

「ふうん。藤間さんはセレブなんだね」

「子どもでもセレブっていうのか？　……そんなことよりさ、やっぱ帰らない？」

「なにいってんの、だめだよ。甲斐先生が電話しちゃったんだから」

サジが藤間の住所をききにいったとき、甲斐先生は藤間の家に連絡《れんらく》を入れてくれたのだ。

ま、それでいってもいいってことになったんだから、そんなに心配することもないのかもしれない。つまり、藤間も学校にもどるきっかけをさがしているのかも。

どっちがインターホンを押《お》すかをゆずりあって（押しつけあって）いると、とつぜん「ガー」という音が鳴って門が開いたので、ぼくとサジは本気でビビった。

「あのさ、さっきからなにやってんの？」

藤間愛莉《めり》が、あきれ顔で立っていた。


ひさしぶりにナマで見た藤間は、やっぱりかわいい顔をしていた。

こんな子をフッてしまうって、いったいどういう気持ちなんだろうな。一般人《いっぱんじん》のぼくには、とうてい理解不能《りかいふのう》だ。

案内されたリビングには、見たこともないくらいにふっかふかのでかいソファがあった。座《すわ》ると、もふっとからだがしずむ。もふっ、だ。となりに座ったサジも、「マシュマロみたーい」ってよろこんでいる。

なんかまぬけだけど、ぼくたちはまず自己紹介《じこしょうかい》をした。

「ぼく、川上《かわかみ》サジ。四月に転校してきたんだ。よろしくね」

「おなじクラスの飛鳥井渡《わたる》。ええと、合唱祭のピアノ伴奏《ばんそう》、とりあえずやっています」

むかいあって座《すわ》ったセレブ・藤間は、腕《うで》と足を組んでいる。なんかハクリョクだね。芸《げい》能人《のうじん》オーラ全開だ。

サジが藤間に話しかける。

「おうちの人はいないの？」

「仕事に決まってんじゃん」

「えっと、藤間さんはお仕事ない日なの？　ドラマ見てるよ、ぼく」

「もうとっくに撮影《さつえい》終わったもん。ネタバレだけど、うちの役、第九話で通《とお》り魔《ま》に殺されちゃうから」

「エッ」

「犯人《はんにん》はね、担任教師《たんにんきょうし》の弟。まだ出演《しゅつえん》シーンはオンエアされてないけど、アイドルの小手《こて》川《がわ》ミチルだよ。すごいでしょ。で、裁判編《さいばんへん》はセカンドシーズンに続くから」

ぼくたちはなにもいえずに藤間を見ていた。結末をバラすなんてありえない。けっこう楽しみにしていたんだぞ。

藤間はすずしい顔で長い髪の毛《かみ　け》をいじっている。

「ていうかさぁ、ドラマの話なんかしにきたわけじゃないっしょ？　いいたいことがあるならさっさといえばいいじゃん、きいてあげるっていってんだから」

あーらら、こりゃだめだ。

ぼくはやっと納得《なっとく》した。バレンタインにリアルからフラれた女子はたくさんいるはずなのに、なんで藤間だけが学校を休んでいるんだろうって、ずっと思ってたんだよね。それはきっとプライドが高いからだ。しかも、自分を中心に世界がまわっていると思いこんでいる。まさか自分がフラれたなんて、認《みと》めたくないんだろうな。

とつぜんのネタバレ攻撃《こうげき》にダメージを受けたサジは、いじわるされた子犬みたいに悲しそうな顔で、ぼくになにかをうったえかけてくる。サジの目が、「この子、こわい」っていっている。

きっとサジは、失恋《しつれん》で傷《きず》ついたかよわい女の子を想像《そうぞう》していたんだろうな。ぼくはため息をついて、しかたなくかわりに口を開いた。

「あのさ、合唱祭の伴奏《ばんそう》、ぼくはかわりにやってるだけだから、早くもどってきてほしいんだけど。ほかにだれもいないらしいよ、ピアノひけるやつ」

「うそだ。ミサトもきょんたんもひけるもん。いやならふたりにやってもらえばぁ？」

「ええっ、そうなの？」

「ま、うちのほうがうまいけどね」

ミサトっていうのは、竹下《たけした》のことか。きょんたんってだれだ？

ぼくがクラスメイトの顔を思いうかべていると、なんとか持ち直したらしいサジがいった。

「だからだよ、きっと。きみのかわりにひきたくないんだ、その子たち。きみとくらべられるから」

サジはやっぱりけっこうするどい。きっとそうだ。たとえばリアルのかわりになにかをやるってのは、ぼくだってなんとなくいやだもんね。

藤間はすねたみたいに横をむいてしまった。そして、横をむいたままいった。

「指揮者《しきしゃ》は？」

「え？」

「だから、うちのクラスの指揮者はだれかってきいてんの！　五年は指揮も生徒がやるんでしょ？」

ぼくとサジは顔を見あわせた。それを見て、藤間はため息をついている。

「やっぱ、リアルなんだ。そうだと思った。だからいやなの、気まずいの！　あんたたちもどうせ知ってるんでしょ？」

ああ、そういうことか。まずい、そこまで考えてなかった。

たしかにリアルって、いかにも指揮者《しきしゃ》をやりそうなタイプだよな。

指揮者と伴奏者《ばんそうしゃ》は、やっぱりいっしょに練習する必要がある。ぼくとリアルも、音楽の授業《じゅぎょう》のあとはいつも居残《いのこ》りだ。

なんていっていいかわからなくなって、ぼくは完全に身をひいたけど、サジは逆《ぎゃく》に身を乗り出した。

「でも、ずっと休んでいるわけにもいかないじゃない。藤間さん、ちょっとぜいたくだよ。そのくらいで登校拒否《とうこうきょひ》するなんて」

おお？　なんつーことというんだ、こいつ。

ぼくはぎょっとした。おまえ、気が弱いのか、強いのか、どっちだよ。

「ばか、サジ」

「だって、ここははっきりいわないと」

「はっきりいいすぎだろ」

おそるおそる藤間の顔を見ると、予想どおり鬼《おに》みたいな顔をしていた。

「そのくらいでってなに？　無神経《むしんけい》！」

なぁ？　ぼくもそう思う。

でも、サジはかまわず話しはじめた。

「だって、秋山くんはきみのこと心配してる。秋山くんが飛鳥井くんを伴奏者《ばんそうしゃ》に推薦《すいせん》したの、なんでかわかる？　先生の伴奏になったら、藤間さんが責任感《せきにんかん》じちゃうんじゃないかって、そういってたんだって。それって、すごくやさしいじゃない」

サジはそこで深呼吸《しんこきゅう》するみたいに大きく息をすって、そしてこう続けた。それは、ぼくも知らない話だった。

「ぼくもね、前の学校で好きな子がいたんだよ。好きっていいたかったけど、どうしてもいえなかった。いってフラれちゃうのも悲しいかもしれないけど、いえないのもけっこう苦しいんだよ」

藤間はその話に興味《きょうみ》をひかれたみたいだった。

「なんでいわなかったの？　苦しいならコクればよかったじゃん」

「だってぼく、その子からきらわれてたから。ぼくのこと、キモいとかキショいとか、いろいろいってたし」

なんでそんなやつ好きになったんだよ。ぼくはちょっとあきれてしまう。

サジにそんなことをいうなんて、よっぽどの変わり者だ。だってふつうの女子なら、サジから好かれてわるい気がするはずない。なんたって、べつのクラスの女子がわざわざ見にくるくらいの、いわゆる「美少年」なんだから。だいたい、サジがキモかったら、ぼくはどうなるっていうんだ。

ぼくの頭の中にぼんやりとある考えがうかんだのは、このときだった。

「ふつうの女子なら」って考えたとき、なにかがひっかかったんだよね。なにか気がつかなきゃいけないことがあるような気がして、そしてそれはとても大切なことのような気がして、落ちつかない気分になった。

でも、それを深く考える前に、サジが藤間の説得にかかった。

「だからね、藤間さんはぜいたくなんだよ。秋山くんはきみのこと、特別には好きじゃなかったかもしれないけど、クラスメイトとしてはふつうに好きなんだからさ。早くもどっておいでよ。秋山くんだけじゃなくて、甲斐先生も、ほかのみんなもよろこぶよ」

サジがぼくのことをちらっと見た。なにかいえって？　わかったよ。

「あのさ、ぼくはべつに、伴奏《ばんそう》がどうしてもいやってわけでもなくなってきたんだよね」

「え、そうなの？」

藤間よりサジのほうがおどろいている。うん、じつはそうなんだよ。

「だけど、やっぱり藤間のほうがずっとうまいんだと思うし、できればかわってもらいたいんだ。きみが休んでること、リアルはすごく気にしてて、どうしたらいいか、いろいろ考えてるよ。先生にたのんで自分のクラスを変えてもらうなんていってたし。あ、それはぼくが止めたけど。とにかくさ、リアルって、そういうやつじゃん？」

だから好きになったんだよな。

藤間の大きな目から、涙《なみだ》のつぶがぽろりと落ちた。

ぼくはぎょっとする。リアルが泣かせたんだぞ。ぼくのせいじゃないからな。

サジがすかさずハンカチを差し出した。なぜかハート柄《がら》のハンカチだった。サジの趣《しゅ》味《み》って、よくわからない。

「このシチュでハートって。嫌味《いやみ》？」

藤間は文句《もんく》をいいながら、でもハンカチを受けとった。

それからしばらくして、藤間は教室にもどってきた。ドラマの撮影《さつえい》がやっと終わったからっていっていた。クラスのだれもそれを信じていなかったけど、みんな信じたふりをした。それを見て、けっこういいクラスかもしれないなぁなんて、ぼくはこっそり思った。

「飛鳥井は伴奏《ばんそう》をかわりたいらしいけど、どうする？」

甲斐先生が藤間とぼくをろうかによびだして、藤間にそうきいた。

よかった、これで交代できる。うん、これでいいんだ。はじめからそのつもりだったんだから。

藤間はぼくのことを見もしないで、先生にいった。

「もうみんな飛鳥井くんの伴奏《ばんそう》になれていると思います。とくに指揮者《しきしゃ》と伴奏者の相性《あいしょう》って大事だし」

「つまり？」

「このままがいいです」

「えっ」

ぼくがおどろいて藤間を見ると、教室の窓《まど》が、急にがらりと開いた。

「おれも賛成《さんせい》！　だってアスカより藤間のほうがさ、だんぜん歌うまいぜ？」

リアルだ。こいつはこういうタイミングをのがさない。

藤間が笑った。甲斐先生も笑ってる。

いっとくけど、ぼくはちっとも笑えないぞ。そう思っているはずなのに、ぼくもいつのまにかいっしょになって笑っていた。

「うちより飛鳥井のが意外性《いがいせい》あるし、きっと得点ものびるよ」

「だよな!　アスカってすげぇんだよ」

「飛鳥井はそれでいい?」

甲斐先生の言葉に、ぼくはうなずく。今度はいやいやじゃなくて、ほんとうにやりたかったから。

席にもどると、リアルがふりかえってぼくにいった。

「ありがとな」

伴奏《ばんそう》をひきうけてくれて、ありがとう。そういう意味なんだと思う。

だけどその言葉は、たぶんぼくにはふさわしくない。

そう思ったから、ぼくはリアルにバレないように、後ろの席のサジにその言葉をゆずった。

「だってさ」

3 ぼくたちの放課後

秋山写真館《あきやましゃしんかん》→ハンバーガーショップ→放送室

「ねぇ、これ、きれいだねぇ」

それは透明《とうめい》の器《うつわ》に入った、青くてまるい石だった。

青といっても明るい青じゃなくて、暗くて濃《こ》い青色だ。群青色《ぐんじょういろ》っていうんだよな。

サジはそれを見て、うっとりしていた。

「それはねぇ、ラピスラズリといって、世界最古のパワーストーンといわれる宝石《ほうせき》なんだよ。大むかし、エジプトの遺跡《いせき》で発掘《はっくつ》されたんだ」

リアルんちのおじさんは、そういってサジの頭をぽんとなでた。

おじさんはまた髪《かみ》の毛《け》がのびていて、今日は後ろでひとつにむすんでいる。おじさんはイケメンだから、こういう髪型もすごく似合《にあ》うんだ。

器についていた銀色のスプーンで、おじさんは青い石をひとつすくいとり、それをサジの手のひらにのせた。

「あげるよ。プレゼント」

「わぁ、ありがとうございます。そのスプーンもかわいい。持つとこが鍵《かぎ》の形してる」

「これはリアルセレクト。こういうさ、女の子がよろこびそうなモン選ぶのが、リアルはうまいんだ。ま、おれに似《に》たんだろうけどな。渡《わたる》もいるか？」

「べつにいらない」

「あ、そう」

ここは秋山写真館。リアルの家だ。

今日、ぼくはここにサジをつれてくるはめになってしまった。お店にリアルの写真が飾《かざ》られているって教えたら、

「見たい！　見たい、見たい、見たい、つれてって、つれてって！」

って、すごいテンションでねだられたから。あいにく、リアルは塾《じゅく》の模擬試験《もぎしけん》とサッカーの練習試合で、しばらくひどくいそがしい。

サジはリアルの七五三と入学式の写真を見て、「かわいい」を連発しながらひととおりはしゃいだあと、写真の横に飾られていた、その青い石に夢中《むちゅう》になった。手のひらでその石をころがしながら、やけにうれしそうだ。

「そっかぁ、これがラピスラズリかぁ。本物ははじめて見た」

「あれ、知ってたんだ?」

「うん。ぼくの誕生石《たんじょうせき》だから」

「タンジョウセキって?」

「一月から十二月まで、それぞれの月に決まった宝石《ほうせき》があるんだよ。九月はラピスラズリなんだ」

「へぇ」

やっぱサジって変わってる。小五男子で宝石が好きなやつなんて、ほかにきいたことがない。

「それに、」サジはなんだか意味ありげにいった。

「ぼくにとっては、すごく特別な石なんだよね」

「ふーん。なんで?」

ふつうにそうききかえしたら、サジは後ろで両手を組んで、なぜだかもじもじしている。

「えー、知りたい?」

「ええ? うん、まぁ」

「どうしようっかなぁ。ひみつのことなんだよ?」

目をくりくりさせてそんなことをいいながらも、じつはしゃべりたいのが見え見えだ。

ここで「つきあってらんねー」ってつきはなすことができないから、サジはぼくに対して強気にくるんだと思う。しょうがねぇなぁ、もう。

「なんだよ、いってみろよ」

「うーん、でもやっぱり教えてあげない」

「……ソウデスカ」

つかれる……。ものすごく、つかれるぞ。

こいつといると、なにかがどんどんすいとられていくかんじがする。

そういえば、リアルもどっちかっていうとそういうタイプだよな。めちゃくちゃまわりをふりまわすよな。っていうより、まわりが勝手にふりまわされていることも多いけど。

「サジって九月生まれなんだな。リアルといっしょじゃん。ね、おじさん、リアルって九月だよね」

「そうだけど、おじさんってよぶなって、いつもいってるだろ。『テツさん』ってよびなさい」

リアルのとうさんは、おじさんのくせにおじさんってよばれるのをいやがる変わった人で、小学生のぼくに下の名前でよぶようキョウヨウしてくるんだけど、ぼくはそれをずっとキョヒっている。リアルのとうさんを、「テツさん」なんてよべるか。

「テツさん、秋山くんは九月何日生まれですか?」

ぼくが何年かかってもできないでいることを、サジはものの十五分でクリアしやがった。

「リアルは九月十五日だよ。きみは?」

「ぼく、二十八日です。おなじ月なんてうれしいです」

そうか。ということは、そのラピなんとかは、リアルにとっても誕生石《たんじょうせき》なんだ。だから写真の近くに飾《かざ》ってあるんだな。

「おれこそ、うれしいなぁ。きみみたいに素直《すなお》でかわいくて、女の子みたいにきれいな子が、リアルと友だちになったとは。どうかな、一度うちのモデルやってみないかい? リアルはこのごろいやがるんだよ。反抗期《はんこうき》かな。それとも思春期か」

「おじさん、サジは男だぞ。かわいいとかきれいとか女みたいとか、いろいろ失礼だよ」

おじさんって、いつもこうなんだ。なんていうか、口がカルい。

クツジョクテキなことをいわれたはずなのに、「えへへ」とかいいながら、なぜかサジは照れている。

「おまえも照れんなよ。おこるとこだぞ」

「まぁ、まぁ。やきもちか？　渡もかわいいぞ」

「ぞ」のあとに、ハートマークがついているいいかただった。ぼくはぞっとする。リアルのやつ、将来《しょうらい》こうなるのかな。それだけはかんべんしてほしい。

「あ、そういえば、この前の合唱祭の写真だけど、来週、学校のろうかに貼《は》りにいくからな」

ええぇ、またくんのかよ……。

先週、合唱祭はぶじに終わった。

男子がピアノをひいたからといって加点されることもなければ、間奏《かんそう》でミスタッチしたからといって減点《げんてん》されることもなく、四クラス中で二位という無難《ぶなん》な結果だった。

合唱祭はふつう親が見にきたりはしないけど、おじさんは当日カメラマンとして学校にきていた。

そして曲がはじまる直前に、「渡、ファイトォ」って、よけいな応援《おうえん》をしてくれたんだよね。しかもリアルが、「ふつうさ、その前におれだろ？　おれ、ムスコ」なんていいかえしたもんだから、会場内は爆笑《ばくしょう》だった。たのむから、ぼくを巻《ま》きこまないでほしい。

「テツさん、じゃあ、ぼくたち三人の写真も？」

サジがいっているのは、合唱祭が終わったあとで、リアルとサジとぼくと三人でとってもらった写真のことだ。うちのとうさんがいうところの「職権乱用《しょっけんらんよう》」で、おじさんがリアルとぼくの写真をとろうとしたんだけど、みんなの前でリアルとツーショットなんかごめんだと思って、ぼくがサジをさそった。

「ああ、あれは個人的《こじんてき》にとった写真だから、タダであげるさ。ちょっと時間かかるかもしれないけど、そのうちリアルに持たせるから」

「わぁ、楽しみ！　ね、飛鳥井《あすかい》くん」

いや、ぼくはべつに……。

「館長、準備《じゅんび》オーケーです」

スタッフのおにいさんが、おじさんをよびにきた。どうやら撮影《さつえい》がはじまるらしい。オーナー兼《けん》カメラマンのおじさんは、いつもいそがしそうだ。

「そろそろ帰ろう、サジ」

「うん、そうだね」

「わるいな。今日はきてくれてありがとう。また新しい友だちができたみたいで、よかったよ。それに、渡も」

「えっ」

「おなじクラスになれて、よかったと思ってる」

そういえば、前にとうさんがそんなようなことといってたな。ぼくたちがおなじクラスで、おじさんがよろこんでいるとかって。

「渡はまわりをよく見ているから、リアルがあぶなっかしいとき、力になってやってほしい」

あぶなっかしい……？　あのリアルが？

おじさんがそんなふうに思っていることが意外で、ぼくが返事をしないでいると、おじさんはいいにくそうにつけくわえた。

「その、つまりだな、とくにこの季節はってことだよ」

おじさんの言葉に、ぼくはぎくりとする。

すぅーっと、背筋《せすじ》がつめたくなった。この季節。夏のはじまり。ぼくがずっと目をそらしているものが、そこにある。

なにかいわなきゃ。

「……うん。わかった」

そう答えたけど、ぼくはほんとうにわかっているのかな。わかってなんか、いないんじゃないのかな。

サジがぼくたちのやりとりをふしぎそうに見ていた。

おじさんはほっとしたように笑ってから、撮影《さつえい》スタジオのほうへ歩いていった。

毎年この時期になると、リアルの雰囲気《ふんいき》が変わる。

たとえば三年生のときのこと。

そのころのぼくとリアルは、まだけっこうしゃべった。登校するときも、ほんとうは一列にならなきゃいけないんだけど、ぼくたちはならんで歩いていたし、ふたりでハマっていたアニメの話なんかをよくしていた。

だけど七月に入ったころ、急にリアルがよそよそしくなった。横にならぶのをやめて、ぼくの後ろを歩こうとした。

そのときはワケがわからなくて、でもなんだかきける雰囲気でもなかったから、だまってリアルに従《したが》ったんだ。

きっとぼくのいないときに注意されたんだ。ほんとうは納得《なっとく》いかなかったけど、ぼくは自分で自分にそういいきかせて、すぐにあきらめてしまった。

四年のときは、やっぱりおなじ時期に、リアルはわすれものをよくするようになった。通学路を半分くらい歩いたところで、「あっ、わすれものした！」とかなんとかいって、ひとりで家のほうへ走りだす。そういうことが、週に三回くらい、夏休みになるまでずっと続いた。

でも、たぶんリアルはわすれものなんかしていなかったし、もしかしたら家に帰ってもいなかったかもしれない。なんとなくそんな気がする。

学校にいるときは、きっといつものリアルのままなんだと思う。リアルは「ふつうのふり」をするのがうまいから。

ただ、登校するときだけ、なんだか様子がおかしくなる。自分のからに閉《と》じこもることがある。通学路を歩いているあいだ、リアルはずっとうわの空だ。

ときどき、先頭を歩くリアルの肩《かた》の上に、なにかものすごく暗くて重いかたまりが、ずっしりのっかっているんじゃないかって、そう思う。

リアルとぼくのあいだにいる下級生たちも、そんなリアルの様子に気づきはじめたみたいだ。ふだんのリアルは、下級生にあわせてゆっくりペースで歩く。ときどき後ろの様子も確認《かくにん》するし、ぼくと目があうと、にやっと笑う。それなのに、今日は一度もふりかえっていない。

一年生が小走りになっているのを見て、ぼくはしかたなくリアルに声をかけた。

「リアル、ちょっと速いかも」

「あ、わりぃ。ごめんな、サッちゃん」

一年の杉尾《すぎお》さんは、ほっとしたように首を横にふった。

ぼくはなんか照れちゃって無理なんだけど、リアルは班員《はんいん》の下級生をちゃんとあだ名でよんでいる。下級生のおかあさんたちは、「秋山さんとこのあのリアルくんとおなじ班！」ってよろこんでいるらしいけど、いまのリアルはたしかにかなり「あぶなっかしい」。

そして学校が近づくと、あいつはいつもの仮面《かめん》をかぶるんだ。

「リアル、おっはよ」

「おう！」

ほかの班のだれかに声をかけられて、リアルが元気いっぱいに返事をすると、ようやく下級生たちの緊張《きんちょう》がとけた。ぼくもほっとする。

ほら、いつものリアルだよ。


五年になったぼくは、この時期にリアルの様子が変わるわけを、もう知っている。

そして今年も七月十日がやってきた。

「今日、秋山くん休み？」

教室でサジにきかれたので、ぼくはうなずいた。

今日はリアルのかわりに、はじめて登校班《とうこうはん》の班長をやった。副班長代理の四年生に「歩くのおそすぎ」っていわれて、ちょっとへコんだ。

「風邪《かぜ》かなぁ」

「うん、まぁ」

ぼくのあいまいな返事に、サジは首をかしげた。

毎年七月十日に、リアルは学校を休む。ふだんリアルはほとんど欠席なんてしないけど、この日だけは特別だ。

今日はリアルの弟の命日。

四年前の今日、リアルの弟は海で亡《な》くなったんだ。

それは、ぼくがはじめて「死ぬ」ということを意識《いしき》したできごとだった。

リアルの二歳《さい》年下の弟は璃澄《リズム》という名前で、そのころは幼稚園《ようちえん》に通っていた。ぼくやリアルが通っていたのと、おなじところだ。

顔はぼんやりとしか思い出せないけど、リズムはネズミのキャラクターが大好きで、いつも小さなぬいぐるみをつれて歩いていた気がする。

リアルと三人で遊んだこともあったし、リアルは弟のめんどうをよくみていた。すごくかわいがっていた。

事故《じこ》が起きた日、リアルたちは家族四人で海水浴にいっていたらしい。だけど、どうしてそんな事故が起きてしまったのか、くわしいことはいまだに知らない。

ぼくのとうさんやかあさんは、ぼくの前では話そうとしないんだ。

きっとニュースとかにもなっただろうから、調べようと思えば調べられるんだけど、そういう気にはとてもなれなかった。

四年前といえば、ぼくとリアルはまだ一年生だった。お葬式《そうしき》の日、おじさんは泣いていたけど、ぼくのおぼえているかぎりでは、リアルは涙《なみだ》を見せなかった。

記憶《きおく》の中の小さなリアルは、ただ呆然《ぼうぜん》としていた。あれはたぶん、おじさんが泣いているのがこわかったんだ。ぼくもそうだったからわかる。おとなは泣かないものだって、あのころはそう信じていたから。

死ぬってどういうこと？　もう会えないの？　なんで会えないの？　どこにいけば会えるの？

ぼくがとうさんとかあさんにくりかえしした質問《しつもん》を、きっとリアルもおじさんにしたはずだ。おじさんはなんて答えたんだろう。

ぼくはいまでは、人が死んだらどうなるか、なんとなくならわかっているし、おとなが泣かないわけじゃないってことも、ちゃんと知っている。

だけどあのころはそうじゃなかった。まわりでおとなたちがあわただしく動きまわり、そしてリアルがそれに巻《ま》きこまれていくなかで、ぼくはすっかり現実《げんじつ》から取り残されていた。

ニュースで子どもが亡《な》くなった話をきくと、ぼくはまっさきにリズムを思い出す。四歳《さい》までしか生きることのできなかった、かわいそうなリズム。

もしリズムが生きていたら、ぼくたちとおなじ登校班《とうこうはん》で、リアルとぼくのあいだを歩いていただろう。なにかがすこしでもちがっていたら、死んでいたのはリアルだったかもしれないし、ぼくだったかもしれない。そういうふうに考えていくと、今日も息をしている自分が、なんだか奇跡《きせき》のように思えてくる。生きているってことは、あたりまえのことなんかじゃないんだ。

それに、リズムのことだけじゃない。

リアルのおかあさんは、あの事故《じこ》のあとずっと病院に入院している。お葬式《そうしき》にも出ていなかったから、ぼくは事故《じこ》のあと一度もおばさんに会っていない。

ぼくのかあさんがいうには、おばさんは心の病気になってしまったんだって。

心の病気っていうのは、治すのにほんとうに時間がかかるらしい。それほどショックなできごとだったってことなんだろう。

リアルとおじさんも、事故のあとは学校と仕事を休んで、おじさんのいなかにいっていたみたいだ。

夏休みが終わるころになって、ようやくリアルがもどってきたとき、ぼくはかあさんからこういわれた。

「事故の話はしちゃだめよ。でも、もしもリアルが話したがっているときは、たくさんきいてあげてちょうだいね」

それ以来、リアルとその話は一度もしていない。事故の話も、リズムの話も、おばさんの話さえ、リアルはいっさいしなくなった。

しばらくは笑顔《えがお》を見せなかったリアルだけど、二年生になるころには、それまで以上に明るいやつになっていた。

もとにもどったっていうよりは、進化したってかんじだった。

三年生でサッカークラブに入ったリアルは、四年生で高学年チームのメンバーに選ばれた。そんなやつはリアルひとりきりだった。

練習でいそがしいはずなのに、リアルは塾《じゅく》にも通いはじめる。成績《せいせき》はぐんぐんのびて、先生たちから一目おかれる存在《そんざい》になった。

友だちは増《ふ》えつづけ、女子たちを夢中《むちゅう》にさせて、そのぶんぼくといっしょにいる時間はなくなっていく。

そうしていつのまにか、だれもが認《みと》める学年イチの人気者、スーパーリアルの完成だ。なんてすごいやつ。

ずっとそんなふうに思ってきたけど、ぼくはこのごろすこしだけ、なにかがへんだと感じている。

もしかしたらリアルは、悲しいできごとをのりこえて、すごいやつになったのかもしれない。

だけどぼくには、リアルの弱いところとか、戦っているところとか、そういう部分がちっとも見えてこなかった。

ノーテンキといってもいいくらいの、リアルのあの明るさに、どことなく不自然さを感じるようになったのは、きっとそのせいだと思う。

無理してんじゃないの？

そんなふうに思うことがあっても、ぼくにはリアルにかける言葉が見つからなかった。

弱音をはかない。弱みを見せない。

あいつにはむかしからそういうところがあって、そんなリアルを見ていると、ぼくなんかが心配しちゃいけないことのような気がしてしまう。


リアルに対してそんなことを考えはじめたこの年の夏、ぼくは四年前のあの事故《じこ》の真相を知ることになる。

いまから思えば、ぼくとリアルの前にサジが現《あらわ》れたのは、ちょっとした運命だったのかもしれない。

あの夏、ぼくとリアルにはサジが必要だった。

そして、それとおなじくらい、サジにもぼくたちが必要だったのかもしれないって、いまはそう思う。

運命っていうのは、たぶんそういうことをいうんだ。


リズムの命日の次の日、リアルは学校にもどってきた。

学校にむかっているあいだ、やっぱりリアルはぼんやりしている。うっかり赤信号を渡《わた》りそうになって、後ろの四年生に腕《うで》をつかまれていた。

それでも、学校に着くといつものリアルにもどるので、ぼくはほんとうのリアルを見失ってしまう。

なぁ、リアル。どっちが、ほんとうの、おまえなんだ?

「飛鳥井くん、なんか元気ないね」

サジだった。休み時間にとつぜんそうきかれて、びっくりした。

「えっ、そんなことないと思うけど」

「ううん、元気ないよ。だって、休み時間になっても、ぼくに話しかけてくれないじゃない」

サジがすねたようにいうから、ぼくは肩《かた》をすくめた。

「だったらサジがぼくに話しかければいいだろ」

「ねえ、もしかして、秋山くんが元気ないから、飛鳥井くんも元気ないの?」

リアルは野宮《のみや》たちとサッカーだ。教室にはいない。

ぼくはサジとむきあった。

「リアルが元気ないように見えるの?」

「うん、なんとなく」

ぼくはリアルがいつもとちがう理由を知っている。サジはそれを知らないのに、リアルの変化に気がつくなんて、すごいな。

「このごろさぁ、授業《じゅぎょう》が脱線《だっせん》しないよね」

サジはそういってちょっと笑った。いわれてみると、このところリアルは甲斐《かい》先生にちょっかいを出さない。

「ねぇ、秋山くんがよろこぶこと、したくない?」

「なんだよ、とつぜん」

「これ」

サジが手さげから出したのは、黄色いケースのCDだった。歌詞《かし》カードには、でかいサングラスをかけた外国人が写っている。

「なに?　これ」

「ほら、あれ。タラタラランラン、タンタララーラーラー♪」

「あっ」

タイトルがわからないって、リアルが前にいっていたあの曲、名づけて「もんじゃの知《ち》恵《え》のテーマ」だ。とうさんにきこうと思っていたのに、すっかりわすれていた。

「すげぇ！　見つけたの？」

「がんばった」

サジは胸《むね》をはった。いや、すげぇよ、マジで。

「なんか有名な曲だったみたい。このアルバムの一曲目の『Your Song』っていう曲ね。これ、秋山くん、よろこぶと思わない？」

「うん、絶対《ぜったい》よろこぶよ」

するとサジはにんまり笑って、ぼくの顔をのぞきこんできた。あれ、なんかちょっといやな予感……？

「これさ、ただ教えてあげるだけじゃ、つまらないと思うんだよね」

「ええと、つまり？」

サジから計画をきかされたぼくは、すぐに首を横にふった。

「いや、無理だから」

「どうして？　いいじゃない」

「だめだって。ぼくがおこられるだろ」

「ぼくの提案《ていあん》だっていうから」

「それでもだめ」

「一生のおねがい！」

「一生のおねがいかよ……」

サジさん。一生のおねがい、使っちゃいますか。マジか。

合唱祭のときといい、ぼくって押《お》しに弱いと思うんだよな。

でもさ、あのときのリアルも、いまのサジも、自分以外のだれかのために必死になっている。ぼくはいつも自分のことを一番に考えてしまうから、そういうとき、ホントにすげぇなって思う。

それに、すごいだけじゃなくて、なんかいいなって思うんだ。うらやましくなるんだ。ぼくもそういうふうにやってみたいって、そんな気分になるんだよ。だから結局、うなずいちゃうんだよなぁ。

「わかったよ、協力する」

「やった！　ありがとうっ」

よろこぶサジを見ながら、放送委員の女子三人をどう説得しようか、ぼくは心の中で頭をかかえた。

リアルとおじさんがけんかをしたのは、その日の夜のことだった。

夜の七時ごろ、ぼくとかあさんがクイズ番組を見ながら夕飯を食べていると、とうさんが仕事から帰ってきた。

玄関《げんかん》までむかえにいったかあさんが、どういうわけかなかなかもどってこないので、へんだなと思いながらぼくは立ちあがった。

玄関を見ると、とうさんとかあさんが深刻《しんこく》な顔でなにか話しあっている。なんだろう。なにかあったのかな。

そのとき、「リアル」という名前がきこえたので、ぼくはだまっていられなくなった。

「リアルがどうかしたの?」

とうさんたちは顔を見あわせた。本日二度目の、いやな予感。

「渡、おまえさ、リアルのいきそうな場所に心あたりないか?」

「いなくなったの? どうして」

「さっきな、家でいいあらそいをしたらしい。まぁ、リアルのことだから、心配しなくてもじきにもどるとは思うが」

「今日って塾《じゅく》の日じゃなかったっけ?」

「塾から電話がかかってきたらしいのよ。いってないんだって」

「リアル、ケータイ持ってるじゃん。追跡《ついせき》できるやつ」

「部屋におきっぱなし」

「あー」

さがさないでほしいってことか。ぼくはリアルがいきそうな場所を考えた。

「野宮んちは？　あと、サッカークラブの溝口《みぞぐち》とか藤木《ふじき》とかとも、リアルは仲がいいよ」

「じゃあ、そこにはテツに電話してもらうとして、車で駅のほうでもさがしにいってくるかな」

「気をつけてね」

心配そうにいうかあさんの後ろから、ぼくは思わず声をあげた。

「ねぇ、ぼくもいくよ」

とうさんはいっしゅんためらって、でもうなずいた。

「ああ、うん、そうだな。おまえがいたほうがいいかもな。あいつはおとなが相手だと、おとなの顔をするし」

リアルがかぶっている仮面《かめん》のことを、ぼくはふと思った。かあさんも、

「まったく、そうなのよね。あの子って」

といって、ため息をついた。

駅前通りを走る車の中で、ぼくはとうさんにきいた。

「さっきの、どういう意味？　リアルがおとなの顔をするって」

「ああ」

とうさんはちょっと笑って、

「もし、とうさんがひとりでリアルを見つけたら、リアルはどうすると思う？」

「心配かけたから、あやまるんじゃないかな」

「そう。遠慮《えんりょ》するんだよ、きっと」

「だめなの、それ？」

「だめじゃない。正しいよ。でも」

とうさんはブレーキを踏《ふ》んだ。赤信号だ。

「もうすこし子どもらしくしていていいんだよ、リアルは。わがままいったり、あまえたりな。まぁ、るり子《こ》さんがあんなことになっているから、テツに心配かけさせないようにって、必死なんだろう」

「……おばさん、まだまだ退院《たいいん》できないの？」

ぼくが自分からおばさんのことをきくのって、もしかしたらはじめてかもしれない。とうさんも、ちょっとおどろいたみたいだった。

「いや、とっくに退院《たいいん》はしてるよ」

「えっ、そうなの？　いつ？」

「もう二年近く前かな」

「ええっ！　マジでいってんの？　でも家にいなくない？」

「るり子さんの実家にいるんだよ。となりの市だな」

衝撃的《しょうげきてき》な事実だった。そんなに大事なことを知らずにいたってことに、ぼくはショックを受けた。

「でも、退院したってことは、病気が治ったってことでしょ？　なんで家に帰ってこないんだろ」

「まだ完全に治ったわけじゃない」

そんなにかんたんにいうもんじゃないって、しかられた気がした。青信号に変わったので、とうさんは静かに車を発進させる。

「心の病気っていうのはな、いろいろむずかしいんだ。あの家にもどれば思い出すことも多いだろうし、それにリアルのことが……」

とうさんはそこで言葉を切って、ひとつため息をついたあと、ひとりごとのようにつぶやいた。

「たまにはリアルが、自分から会いにいってやればいいんだけどな」

「えっ」

ぼくはもう一度びっくりして、とうさんにきいた。

「リアル、おばさんに会いにいってないの？　なんで？」

とうさんは、「しまった」という顔をしていた。口をすべらせたらしい。

「いやいや、ぜんぜん会ってないってわけでもないだろうけどな。ほら渡、そんなことより、そのへんの道をよく見とけよ。リアルがいるかもしれないぞ」

ぼくは混乱《こんらん》した。なんでリアルは会いにいかないんだろう。

だけど、とうさんのいうとおり、いまはリアルを見つけるほうが先だ。ぼくはあることを思いついた。

「とうさん、スマホ貸《か》して」

ぼくは持ってきたボディバッグからメモ帳を取り出した。おなじクラスで自分の電話を持っているやつの番号がのっている。

「電話ならテツがかけてるぞ？」

「でもサジにはかけないと思う。サジんち、家電《イエデン》ないみたいだし」

「サジ？」

そういえば、ぼくはとうさんにサジの話をしたことがない。

「転校生だよ。最近リアルと仲いいんだ」

リアルが持っているのは、いろいろと制限《せいげん》のある子ども用のケータイだけど、サジはおとなとおなじスマホを持っている。知らない番号からのはずなのに、サジは三回目のコールですぐに出た。

「もしもし、サジ？　飛鳥井だけど」

「……ああ！　だれかと思った。登録しておくね」

「ちがう、登録しなくていい。これ、とうさんのだから。それよりさ、リアル知らない？　ゆくえ不明らしいんだけど」

「え？　秋山くんなら、いまいっしょにいるけど」

「ええっ！」

ぼくが大声をあげたので、運転席のとうさんが「うおっ」といっておどろいている。

「どっ、どこにいんの？」

すると、サジがリアルになにかきいている気配がした。居場所《いばしょ》を教えていいかどうか、確認《かくにん》しているんだな。なんだよ、隠《かく》しごとかよ。あんまりいい気分がしない。

リアルからのおゆるしが出たらしく、サジは答えた。

「駅のハンバーガーショップ」

「ええと、駅ビルのほう？　それとも駅前通りのほう？」

「駅前通りの、アスレチックがあるお店のほうだよ」

サジからきいたことを伝えると、とうさんは脇道《わきみち》に入った。近道だ。「五分で着くから、そこから動くなっていえ」

「とうさんとソッコーでむかえにいくから、そこにいろよ」

ぼくがいったことを、サジがリアルに伝えている。

「おとうさんと、ソッコーでむかえにくるって。……え？　ああ、きいてみるね。飛鳥井くん、おとうさんって、だれのおとうさん？」

「ぼくのとうさんだよ」

しばらくして、サジがいった。

「ご心配おかけしてすみませんって、おじさんに伝えてだって」

電話を切ってとうさんにそれを伝えると、とうさんは運転しながら苦笑いした。なるほど、これがリアルの「おとなの顔」ってやつなんだな。

「ねぇ、リアルとおじさん、なんでけんかしたの？　もしかして、おばさんのこととなにか関係ある？」

「どうだろうな。まぁ、リアルにもいろいろあるってことだよ」

「いろいろって？」

「いろいろは、いろいろだ」

「ふぅん……」

とうさんはそれ以上なにもいおうとしなかった。

だけどぼくは気がついてしまった。

とうさんは、リアルの家のことで、ぼくになにか隠《かく》していることがある。たぶん、かあさんも。

ほんとうのことを知りたい気もするけど、隠してもらってほっとしている自分もいる。

そんな中途半端《ちゅうとはんぱ》な気持ちでいるうちは、きっととうさんたちは教えてくれないんだろうな。


そのハンバーガーショップは、お店の中にカラフルなすべり台やトランポリンがあって、小さな子どもが遊べるようになっている。ぼくが幼稚園《ようちえん》や低学年のころには、まだこういうのはなくて、三年生というひじょうにビミョウな学年になったときにできた。幼稚園児にまじって遊ぶなんて、もうはずかしくてできない。もっと早くできていれば遊べたのに。そういうミレンがあるので、ぼくはこの店があまり好きじゃない。ハンバーガーといえば、いつも駅ビルのほうに入ってしまう。

車から降《お》りる前に、ぼくはとうさんにきいた。

「ちょっとだけ、三人で話してきてもいい？」

「ああ、いいよ。リアルの家にはとうさんが電話しとくから。ただし八時までな。あと、その、ええと、ネジくんだっけ？」

「サジだよ。ネジまわしてどうすんの」

「彼《かれ》にもちゃんと家に連絡《れんらく》するようにいいなさい」

「わかった。……ポテト食べていい？」

「小さいのな。ひとりひとつ」

とうさんはそういって千円札をくれた。

窓際《まどぎわ》の席に、リアルとサジはむかいあって座《すわ》っていた。ぼくがいくと、サジは笑って手をふって、リアルはちょっと気まずそうに顔をそむけた。

「とうさんがお金くれたんだけど、ポテト食べない？」

「食べるー！」

「リアルは？」

「おれはもう食ったからいい」

「あ、そう。じゃあ、リアルの分でジュース買っちゃうぞ。サジはなにがいい？」

「えっとね、オレンジジュース」

「オレンジね。そうだ、サジ、とうさんが家に連絡《れんらく》しとけって。もうおそいから」

「うん、もうした」

「だいたいさ、なんでリアルとこんなとこにいるわけ？　ふたりでこそこそしやがって」

ちょっと嫌味《いやみ》っぽくいってやる。

「こそこそなんてしてないよ。たまたま会ったんだよね」

「たまたまかぁ？　コレ」

リアルはなにかいいたそうだ。でもサジは気にしない。

「今日もサッカー見ようと思ってたのに、秋山くんたらさっさと帰っちゃってさ」

「しょうがないだろ。塾《じゅく》でテストだったんだから」

「そんなこといって、塾いってないじゃない。とにかく、秋山くんの塾は駅前にあるって野宮くんにきいたから、ちょっと見にきたの。そしたらここの窓《まど》から秋山くんが見えたから、もうびっくりしちゃって」

「もうおそいし、おれは帰れっていったんだよ。でも、こいつが勝手にさ」

なるほどな。リアルのいいたいことがわかった。それはたしかに半分はたまたまだけど、もう半分はたまたまじゃないよな。だってサジは、リアルを追いかけてここまできたんだからさ。わるくいえば、ストーカー？

「今日テストだったのか。受けなくてよかったの？」

「いいよ、べつに一回くらい。あとで問題もらえるから、ストップウォッチ使って家でやる」

やっぱりちょっと元気はないけど、思ったよりもリアルはふつうだった。もっとイライラしているかと思った。

とりあえずポテトとジュースを買って席にもどると、サジがスマホで今日のニュースをチェックしていた。

「ねぇ、車の事故《じこ》で小五の子が重体だって。重傷《じゅうしょう》と重体って、どっちがひどいんだっけ？」

「命にかかわるのが重体、かかわらないのが重傷」

リアルが即答《そくとう》した。こんなときに事故の話かよ。ぼくはポテトをつまんで話題を変える。

「ふたりでなに話してたの？」

「エロい話だよな？　サジってむっつりスケベだから」

「またそうやってからかう。エッチなのは秋山くんでしょ」

「おれはべつにむっつりじゃねぇよ。むしろ、がっつりだね」

それをきいて、サジが「きゃはは」とよろこんでいる。

「おまえら、人が心配してたのに、ふざけんなよ」

ちょっときつくいうと、

「ゴメン」

リアルが素直《すなお》にあやまった。

ぼくとサジがポテトを食べているあいだ、リアルはほおづえをついておとなしく待っていた。


自転車のサジを見送ったあと、ぼくとリアルはふたりで車の後ろの席に座《すわ》った。

「テツと一悶着《ひともんちゃく》あったんだって？」

運転席からとうさんがずばっときく。リアルは腕《うで》を組んで、窓《まど》の外を見ながら答えた。

「おれがうちの写真館つぐっていったら、写真に興味《きょうみ》ないくせに無理すんなとかいうから、それでちょっとバトっただけ。……よろこぶかと思ったのにさ」

「おれにはほかにもっとできることがあるって。遠慮《えんりょ》しないで、やりたいことをやれってさ」

「なるほどな」

はぁ。

リアルのため息をきいたとうさんは、茶化すようにぼくにいった。

「ずいぶんハイレベルな親子げんかだな、渡」

「だね。ぼくたち、リモコンの取り合いでけんかするもんね」

「……おじさんて意外と子どもっぽいんだよな。見ためはしぶいのに」

「そう？　おじさん、しぶいかな」

「おやじくさいってことでしょ？」

「そうともいう」

「あのな、これだけはいわせてもらうが、テツとくらべるのはまちがいだぞ」

そりゃそうだ。おじさんの若《わか》さはハンパじゃないもんね。

「それとリアル、さっきの話だけどな、きみがホントの本気で写真をやりたいなら、おとうさんはきっとよろこぶだろうと思うよ」

リアルはちょっと笑って、ようやく前をむいた。

「うん。たしかにおれ、写真にはあんまり興味《きょうみ》ないんだ。オヤジのいうとおりだったから、ちょっとムカついただけ」

話の内容《ないよう》より、リアルがおじさんを「オヤジ」ってよんだことに、ぼくはびっくりした。すこし前まで「とうさん」ってよんでいたと思ったのに、いつから変わったんだろう。

「渡、おまえはどう思う？」

とうさんにとつぜん話をふられて、ぼくはおどろいた。

「え、ぼく？」

「リアルがおとうさんをよろこばせたくて、写真館をつぎたいっていったことは、いいことだと思うか？　それともそうは思わない？」

なんか道徳《どうとく》の問題みたいだな。

リアルがぼくをじっと見ているので、ちょっと緊張《きんちょう》した。

「ぼくはいいことだと思うけど」

「ほう、それはどうして？」

「ええと、それはリアルのやさしい気持ちだから。でも……」

「でも？」

「リアルなら、きっとなりたいものになれると思うから、もしほかにやりたいことがあるなら、それをやらないのはもったいないとも思う。だから、どっちが正解《せいかい》とか、ないよ」

「……ふううぅん」

リアルはうなるような声を出した。

「アスカがそういうなら、そうなのかもしんない。うん、そうなんだな、きっと」

「なんだよ、それ」

「おれっておまえのこと、なにげに信頼《しんらい》してっから」

ぼくはびっくりした。信頼？　リアルがぼくを？

「よかったじゃないか、渡」

バックミラーを見ると、とうさんの目が笑っていた。

ぼくはうれしくて、なんだかちょっと泣きそうになった。

リアルに自分の意見をいって、それがリアルの心に響《ひび》いたことが、なんかすごいことだって思った。

それに、リアルから「なにげに信頼」されていたなんて、知らなかった。ちっとも知らなかったよ。

リアルだって、なやむんだ。完全無欠なんかじゃない。ぼくにとってそのことは、すごく大きな新しい発見だったんだ。

その日は朝からそわそわした。こんなに思いきりルールをやぶるのは、なにしろはじめてのことだから。なんだか一日中へんなテンションで、授業中《じゅぎょうちゅう》に何度も発言して先生におどろかれたし、給食はほとんどのどを通らなかった。

そして放課後。計画実行のときがやってきた。

さっきから、なんだか外がさわがしい。

放送をきいた先生たちが、びっくりして視聴覚室《しちょうかくしつ》にやってきたんだ。甲斐《かい》先生もいるのかな。もうあともどりはできない。

放送室は内側から鍵《かぎ》をかけている。だれも入ってこられない。美川《みかわ》と小松《こまつ》と綿貫《わたぬき》も、視聴覚室で協力してくれている。

よし、いまだ。ぼくはマイクのボリュームをあげた。

「下校時刻《げこうじこく》になりました。校舎《こうしゃ》に残っている児童は、すみやかに帰りのしたくをしてください。校庭に残っている児童は、使った遊具をきちんとかたづけましょう」

校内には、いつものクラシックのかわりに、エルトン・ジョンの「Your Song」が流れている。サジのアイディアだ。

下校の放送なんか、みんなたいしてきいていないと思うから、音楽がいつもとちがったって、あんがいバレないいんじゃないかと思う。気がつくのは、先生たちと放送委員くらいかもしれない。

だけどそれでいいんだ。たったひとりに気づいてもらえれば、この作戦は成功なんだから。

「今日の担当《たんとう》は、五年一組、美川、小松、綿貫、飛鳥井と、」

ぼくは目で合図した。サジがせりふの続きを読む。

「えっと、川上《かわかみ》でした。みなさん、また明日《あした》」

マイクを切って、ぼくとサジはほっとひと息ついた。うまくいったな。

次にぼくたちは窓《まど》にかけよった。

外を見ると、校庭のまんなかで、リアルが両手をふりながら、大興奮《だいこうふん》でとびはねていた。

「すっげぇ！　やべぇ！　マジすげぇ！」

大声でまわりにうったえているのが、きこえる。

だけど校庭に残っていたほかのみんなは、リアルが「すげぇ」と「やべぇ」をくりかえしている意味がわからなくて、ぽかんとして立っているだけ。それがサイコーにおかしかった。

「やったな、サジ……」

横を見ると、当のリアルよりも、もっとうれしそうな顔をしているサジがいた。

よかったな、サジ。おまえの大好きなリアルが、あんなによろこんでるよ。

「ありがとう、飛鳥井くん。ぼくひとりじゃ、こんなことできなかったよ」

「それはおたがいさまじゃん」

うれしくなって右手をグーで差し出すと、サジはそれに自分のグーをぶつけてくれた。

「Your Song」きみのうた。

リアル、サジがおまえのために、さがして見つけてくれたんだ。

見つけてくれたんだよ。


ぼくたちの放送室ジャックは、すこしだけ職員室《しょくいんしつ》をさわがせた。

ぼくとサジは、勝手なことをしたバツとして、校長室前のじゅうたんの掃除《そうじ》を命じられた。

放送委員顧問《こもん》の先生は、「先生もエルトン・ジョンが好きなんだよ」っていってくれて、あんまりおこっていなかったけど、甲斐先生からはそれなりにしぼられた。

「放送室はあなたたちのためにあるわけじゃありませんよ」

まったくそのとおりだと思う。わかっているけど、サジはどうしてもやりたかったんだよな。ぼくたちはおとなしく反省しているふりをしながら、じつのところ、これっぽっちも後悔《こうかい》はしていなかった。

しかられて職員室《しょくいんしつ》から出ると、リアルがぼくとサジのランドセルを両手にかかえて、心配そうに待っててくれていた。

この中でいちばん先生にしかられるキャラなのは、どう考えてもリアルだ。だからちょっとへんなかんじ。ぼくたち三人は顔を見あわせて、へらっと笑った。

じゅうたんの掃除《そうじ》は、リアルも手伝ってくれた。校内でゆいいつ、掃除機を使って掃除する場所だ。リアルは掃除機の使いかたがうまい。

とちゅうで校長室から出てきた校長先生に、「なにをやらかしたんだい?」ってきかれた。あきらかにおもしろがっていた。どうやら、なにかをやらかした生徒は、ここを掃除することになっているらしい。

「愛と友情《ゆうじょう》の、放送室ジャックです」

リアルはおどけてそう答え、得意げに掃除機にまたがっていた。

4 ぼくたちの選択《せんたく》
悪口÷アイスキャンディー＝真実

夏休みがはじまった。

夏休みには学校のプール講習《こうしゅう》がある。ぼくは泳ぐのはけっこう好きだ。暑い日にプールに入るのは気持ちいい。

リアルはとうぜんのように泳ぎもトップクラス。去年は地区の水泳大会にも出ていた。

学校のプール講習には検定《けんてい》があって、たとえばクロールで二十五メートル泳げると「三級」、さらに三十秒以内に泳ぎきったら「二級」、おなじことを平泳ぎでできると「一級」、五十メートル泳ぎきって「初段《しょだん》」みたいなかんじで、だんだんレベルがあがっていく。

ぼくはこの夏に一級を目指しているけど、リアルはとっくに初段をクリアしていたはずだ。

「飛鳥井《あすかい》くん」

プールの入り口の金網《かなあみ》の前に、サジが立っていた。麦《むぎ》わら帽子《ぼうし》をかぶっている。イルカの模様《もよう》が入ったビニールの水泳バッグは、なんだかちょっと低学年っぽいけど、サジには似合《にあ》っている。サジは肌《はだ》の色が白いから、日に焼けるとひりひり痛《いた》そうだ。

サジはあたりをきょろきょろ見まわした。

「秋山《あきやま》くんは？　いっしょじゃないの」

「塾《じゅく》の夏期講習《こうしゅう》じゃないかな」

夏休み中のプールは自由参加だ。そもそも、学校のプールにリアルといっしょにきたりなんかしない。

「そっか、秋山くんは私立《しりつ》受験するんだもんね。どこ受けるのかな」

「岬学院《みさきがくいん》の付属中《ふぞくちゅう》ってきいたよ」

「岬学院？　すごい有名なとこじゃない。ぼくでも知ってる」

「まぁ、リアルなら楽勝なんじゃないの。勉強得意みたいだし。通信簿《つうしんぼ》なんて、もしかしたらオール『五』かも」

「ううん、理科と家庭科が『四』だったって、くやしがってたよ」

「……逆《ぎゃく》にいうと、それ以外は全部『五』ってことだろ？　じゅうぶんすげぇよ。つーか、『四』でくやしがるって、どういうことだよ。やなやつだな」

ちなみにぼくの「五」はたったひとつ、音楽だけだ。これはかなりうれしい。合唱祭の伴奏《ばんそう》のおかげだね。

そのとき、サジの後ろからにゅっと腕《うで》がのびてきたかと思ったら、サジの首をがっしりとつかまえた。

「おっまえ、人の成績《せいせき》を勝手に公表すんなよ。特別に教えたんだぞ」

リアルだった。首をしめられて、サジは両手をバタバタさせている。

「ごめん、ごめんっ。ゆるして」

「ま、アスカならいいけどさ」

腕をパッとはなすと、「サワー!」って大声でよびかけながら、リアルは野宮《のみや》たちのほうに走っていった。

「きらわれちゃったかな」

しめられた首をさすりながら、サジが心配そうにいう。

「でも、特別っていってたね。ヤッタ」

「だれにでもいうんだよ、ああいうこと」

「えー、そうかなぁ」

「だからかんちがいする女子がいるんじゃん。藤間《ふじま》とか、藤間とか、藤間とか」

「ぼくはかんちがいなんかしてないもん」

ぼくとサジがそんなことを話していると、リアルがこっちにもどってきて、親指でくいっと後ろを指した。

「おい、夏休み中はこっちの入り口から入るんだぜ。アスカ、サジに教えてやれよ」

やべ、そうだった。すっかりわすれてた。

プールにはふたつの入り口があって、学校があるときは校舎側《こうしゃがわ》から、夏休み中は裏庭側《うらにわがわ》から中に入るんだった。

ぼくたちがあわてて裏庭側へむかうと、ちょうどプールの角を曲がるところで、こんな声がきこえてきた。

「あいつ、前の学校でハブられて転校してきたんだって」

ぼくはぎくりとして足を止めた。

声の主は、おなじクラスの保泉有杜《ほいずみアルト》だ。

保泉はこまったやつだ。四年のときは、クラス内にひとりターゲットを決めて、ひたすらムシするゲームをやっていたらしい。

だれかがターゲットになっているあいだは安全だから、だれも保泉にさからったりはしない。しかも、ムシするだけのいじめって証拠《しょうこ》が残らないし、「そんなことしていません」っていえばそれですんじゃうから、なんだかんだで解決《かいけつ》もしない。結局、四年が終わるまで、かげでずっと続いていたみたいだ。

五年のクラスがえで、保泉がリアルとおなじ一組になったのは、たぶん先生たちの計算だと思う。リアルとアルト。名前の雰囲気《ふんいき》は似《に》ているけど、中身はまるで正反対だ。

「ははん、リアルが対抗馬《たいこうば》か」

ぼくの話をきいたとうさんは、そういっていたっけ。

タイコーバの意味はよくわからなかったけど、五年になってから保泉がすっかりおとなしくなったことはたしかだし、たぶんそれはリアルのおかげなんだと思う。

こまったことがあったら、リアルをたよればいい。みんながそう思っている。そして実際《じっさい》になにかがあったときは、リアルがどうにかしてくれるんだろう。

そんなことより、だ。

前の学校でハブられてた?

それってもしかして、もしかしなくても、サジのことだよな。今度はべつのだれかがいった。

「ガイジンってよばれてたんじゃねぇの。すげぇ顔してるもんな、あいつ」

「つーかさ、そんくらいで転校ってどうなの? 親、あますぎだろ」

「あまい、あまい」

まずい。悪口がエスカレートしていく。

どうしよう、どうしよう。

手のひらがじっとりと汗《あせ》ばんで、セミの声がやけに大きく耳の中でこだまする。

「でもあいつって、やっぱちょっと変わってるもんな。ときどき女みたいなしゃべりかたするし。ナントカしたらいいじゃな〜い、みたいな」

「うわっ、アルトやべぇ、超似《ちょうに》てんじゃん」

「しかもさ、リアルにべったりしすぎだろ。きいたか？　給食のときの」

「『冷凍《れいとう》みかん』！」

何人かの声が重なって、いやなかんじの笑い声がきこえた。

もうだめだ。ぼくはリアルに助けを求めた。

「リ、リアル」

リアルはまるでこおりついたみたいに、ひどくつめたい顔をしていた。

そうだ。いってやれよ、リアル。おまえならできるだろ？

そういうやりかたはきらいだね。

そんなふうにリアルが保泉に立ちむかうところを、ぼくは想像《そうぞう》した。リアルならきっとうまくやる。そういうの、得意じゃないか。

だけど、ぼくの期待を裏切《うらぎ》って、リアルはそうはしなかった。

リアルはとつぜん、あいつらとは反対方向に歩きはじめたんだ。

「帰ろう、サジ」

「はっ？」ぼくはおどろいた。「だって、プールは？」

「そんな気分じゃない。アイス食いにいこうぜ。サジもくるだろ？」

だまってぼくたちを見ていたサジは、次のしゅんかん、はじけるような笑顔《えがお》でリアルに答えた。

「うんっ、いく！」

「おまえはどうする？」

今度はぼくにきいている。

「ええと。うん、じゃあ、いこっかな」

「よぉし。タカミヤのアイスにしようぜ」

「タカミヤ？」

「スーパータカミヤ」

そんなわけで、ぼくたちは三人でプールをサボり、タカミヤにむかうことになった。

そのとちゅう、リアルはよくしゃべった。タカミヤのアイスはコンビニよりもちょっと安いとか、水曜日はスナック菓子《がし》が安くなるとか。

ぼくはそれをききながら、よくそんなこと知ってるなぁって感心した。そうか、リアルはいつもおつかいをしているからな。

タカミヤで、リアルはスイカ味のアイスを選んだ。チョコレートのタネがついているやつだ。おなじのを選んだサジを見て、

「マネすんなよ」

ちっともおこってなんかいない声でいいながら、リアルがサジをつついている。ぼくはおなじアイスのメロン味を選んだ。

スーパーの外でアイスを食べながら、リアルはサジにいった。

「なんかさ、ごめんな」

「え?」

首をかしげるサジ。

「さっきの、アルトの。きこえちゃっただろ?」

「ああ」

ぼくはハラハラしながらきいていたけど、サジは笑顔《えがお》だった。

「ぼく、ぜんぜん気にしてない。なんで秋山くんがあやまるの？」

「冷凍《れいとう》みかん、おれのせいだし」

「そんなことないって」

「しかも、いいかえしてやれなかった」

リアルは地面をにらみつけて、くやしそうにくちびるをかんでいた。ほんとうにくやしそうだった。

その横顔を見て、ぼくは深く反省した。

リアルとくらべられたくないっていいながら、結局リアルにたよってばかりな自分のことが、すごくはずかしくなった。

「ごめん、サジ。ぼくもだね」

ぼくたちに頭をさげられて、サジはアイスを持っていないほうの手をパタパタとふった。

「いいってば。おかげでアイス食べられたし。それに、保泉くんがかげであういうこといってるの、前から知ってたから、どうってことない」

「そうだよ、サジ。あんなやつのいうことなんか、ぜんぜん気にすることないよ」

ぼくがサジをはげますと、下をむいていたリアルがパッと顔をあげた。

「あのさ、でもさ、なんつーか、アルトって、たしかにああいうことというやつだけど、やなとこばっかかってわけじゃないんだ」

へぇ？　意外な展開《てんかい》。リアルが保泉をフォローしている。

保泉のいいとこなんか、ぼくは一個《こ》も知らないぞ。ぼくはうたがいのまなざしでリアルを見た。

「そうかなぁ。たとえば？」

「あいつ、下にきょうだいが多いだろ？」

保泉はたしか五人きょうだいで、ひとりだけ年がはなれている。保泉といちばん年が近いのが、たぶん二年生の妹。その下に一年生の弟もいたはずだ。

そういえば、タカミヤの前には団地《だんち》がならんでいるけど、保泉はこの団地に住んでいるんだった。リアルは団地を見ながらいった。

「何回かここでアルトと会ったことがあるんだ。あいつ、きょうだいつれてお菓子《かし》とか買いにきててさ。ここのアイスが安いって教えてくれたの、じつはあいつだし」

「ええっ」

「そうなの？」

ぼくもサジもおどろいた。

「アルトってさ、きょうだいのこと、すげーよく見てるんだぜ。ちっさい子が三人とか四人とかいて、みんなそれぞれ好き勝手やってても、絶対《ぜったい》にだれからも目をはなさないんだ。だれがどこでなにしてるか、ちゃんとハアクしてんだよ。それってちょっとすげくない？」

サジが「ぷっ」と笑った。なんだよ、すげくないって。すごくない、だろ。

「うん！　すげーかもっ」

サジが明るくそういったら、リアルはちょっとほっとしたように、「だよな」といった。

「なんか、いいアニキってかんじでさ、うらやましいっていうかさ。……おれにはそういうこと、もうできないから」

ぼくはハッとして、リアルの顔を見た。

リアルがそういうことをいうのを、ぼくははじめてきいた。言葉が出てこなかった。

そんなぼくのかわりに、サジがいう。

「ぼくもできないな。ひとりっこだから」

「へー、サジもきょうだい、いないのか」

「うん。ぼく、秋山くんみたいなおにいちゃん、ほしかったな」

サジにそういわれて、今度はめずらしくリアルがだまった。ぽかんとした顔をして、サジのことを見ている。おなじ年のクラスメイトからそんなふうにいわれたら、だれだっておどろくよ。

「アイスとけてるよ」

ぼくが忠告《ちゅうこく》すると、ふたりともあわててアイスにかじりついた。

そのとき、弟や妹といっしょにお菓子《かし》を選んでいる保泉の姿《すがた》が、ぼくの頭の中にくっきりとうかんでいた。なんだよ、けっこういいやつなんじゃん。

ああ、もしかして、リアルがぼくたちをここにつれてきたのは、それを伝えたかったからなのかな。

さっきぼくが想像《そうぞう》したみたいに、保泉に直接《ちょくせつ》つっかかっていったら、いまごろ気まずい思いでプールサイドに立っていたにちがいない。たとえリアルが保泉に口で勝ったとしても、きっと気まずかった。

いいたいことをいえばすっきりするから我慢《がまん》するなんて、おとなはたまにそんなことをいうけど、そういうのってちょっと無責任《むせきにん》だ。すっきりするだけじゃすまないってことを、ぼくたちはけっこうちゃんと知っている。

だからリアルは、くやしくても逃《に》げるほうを選んだんだ。戦うよりもずっと平和なやりかたで、傷《きず》ついたサジの気持ちは、たぶん満たされた。

アイスを食べ終えたサジが、やさしい声でいった。

「リアルは、人のいいところをさがすのが上手なんだね」

サジがリアルを下の名前でよんだのは、たぶんはじめてだったと思う。

「そういうところ、すごくすてきだと思う」

サジのストレートなほめ言葉に、リアルはちょっと照れて、「それはどぉも」って頭をかいていた。


そのあと、ぼくたちはサジの家に遊びにいった。

サジの家は、学校の後ろにある水色のアパートだ。一階に二部屋、二階にも二部屋の、こぢんまりとしたアパートだった。

「イラッシャイ」

予想していたとはいえ、ぼくはとまどってしまう。

青い目と、高い鼻と、カタカナで発音したような日本語。サジのおとうさんは、外国人だった。

「あ、あ、コンニチハ」

つられてぼくまでカタカナになってしまう。その点、リアルは堂々としていた。

「こんにちは。おじさん、かっこいーね！　おじゃましまーす」

「ドーゾ、タノシクネ」

そういったあと、ぼくにはわからない言葉でサジとなにか話した。どこの国の言葉だろう。わかんないけど、リアルが「へぇ、英語じゃないんだな」っていったから、英語じゃないってことはわかった。そして、ぼくにはわからない言葉を話すサジのことが、なんだかべつの人間のように思えた。

青い目のおじさんは、小さなキッチンの小さなテーブルで、最新型っぽい小さなノートパソコンを使っていた。からだが大きいから、なんだかきゅうくつそうに見える。

ぼくのとうさんは日曜日が休みの仕事じゃないし、リアルの家も自営業《じえいぎょう》で不定休だ。だけど、平日の午前中におとうさんが家にいるっていうのは、やっぱりちょっとへんなかんじがする。

「おとうさん、休みの日なの？」

「ううん。いまね、お仕事してないんだ」

ぼくとリアルは思わず視線《しせん》をあわせた。

じつをいうと、おかしなところはほかにもあった。サジが転校してきてもう四か月たつのに、部屋の中が段《だん》ボールでいっぱいなんだ。ろうかにも積みあげられている。しかも、そのほとんどがガムテープでとめられたままだった。

仕事をしていない父親と、段《だん》ボールの山。なんだかすごくワケアリっぽい。

ぼくたちの沈黙《ちんもく》を感じとったのか、サジのほうからこういってきた。

「ぼくのせいでいろいろ大変なんだ」

「……大変って？」

暗い声でリアルがきく。

「さっき保泉くんたちがいっていたのは、ほんとうのことだよ。飛鳥井くんには前にちょっと話したけど、ぼく、前の学校でいじめられてたんだよね。それで急な転校だったから、見てのとおりバタバタしてるってわけ」

サジはサバサバしていたけど、ぼくはなんていっていいかわからない。リアルがサジの肩《かた》をぽんとたたいた。

「そっか。いじめとかって、マジサイテーだよな。おれ、自分のクラスでそういうのがあったことないから、あんまり実感わかねぇけどさ」

「リアルのクラスでは、いじめは起きないよ」

ぼくがそう決めつけると、

「はー？　なんで。預言者《よげんしゃ》か、おまえは」

本気でわからないという表情《ひょうじょう》で、「タイコーバ」のリアルはそういう。リアルがいじめを「マジサイテー」だと思っているかぎり、きっとリアルのまわりではいじめが起きない。だってみんな、リアルにきらわれたくないんだから。あの保泉でさえも、かげ口でブレーキをかけている。

「ここはね、おじいちゃんのアパートなんだ。ぼくのママのほうのおじいちゃん」

「ママ?」

ぼくとリアルは、ついききかえした。ぼくたちのまわりに、自分の親をママとかパパとかよぶ男子はいない。

サジはちょっと赤くなって、

「やっぱりへんかな。でも、オトウサン、オカアサンより、パパ、ママのほうがよびやすいんだよね」

たしかに、あの青い目のおとうさんは、どっちかっていうとパパってかんじだ。きっとおかあさんもママってかんじの人なんだろう。

「いや、べつにへんじゃねぇよ」

「うん、へんじゃない」

「そっか、それならいいけど。それでね、ここはおじいちゃんが大家さんをやってるアパートなんだけど、たまたま空き部屋があって貸《か》してもらえたから、すごく運がよかったんだ」

「へぇ、アスカのじいちゃんみたいじゃん」

リアルはそういうけど、うちの場合は、リアルのとうさんがぼくのじいちゃんから土地を買ったのであって、大家なわけじゃない。

だけど説明するのはやめにした。リアルの前でこの話をするのが、ぼくはあまり好きじゃない。

もちろん、土地を売ったほうが買ったほうよりエライってわけじゃない。そんなことくらいわかる。だけどそのことを強調すると、リアルんちの写真館が成功しているのは、土地を売ってやったうちのおかげだろって、そういっているみたいにきこえる気がする。考えすぎかもしれないけど、恩着《おんき》せがましいかんじがしてかっこわるい。

そんなわけで、ぼくはすみやかに話題を変えることにした。

「そういえば、サジの名前ってどういう意味なの？　外国語だろ？」

「あ、それ、おれも気になってた。おじさんがつけたのか？」

それをきいたサジは、おかしそうにくすくす笑った。

「やだな、サジってカタカナだけど日本語だよ。この名前、そのおじいちゃんがつけてくれたんだ。サジってね、スプーンのことなんだって」

「アッ」

ぼくとリアルは同時に声をあげた。

なんだ、そうか。サジって、スプーンの「さじ」のことか。そういえばサジって顔がまるいし、なんとなくおさじっぽいかも。リアルもおなじことを考えたみたいで、にやにやしている。

「わかった、顔がまるいからだろ」

「ちがーうっ」

「あ、ちがうの？　ぼくもそうかと思った」

サジはぼくたちをにらんだ。

「あかちゃんの顔って、ぼくじゃなくてもだいたいまるいでしょ。そうじゃなくて、ぼくのおじいちゃんが、真実をすくいとる人間になれるようにって、そういう願いをこめてつけてくれたんだよ」

そのときリアルがなにかひらめいたみたいで、人さし指を立てていった。

「真実のさじ。それってリアルスプーンだな！」

「リアルスプーン？」

「真実って、リアルだろ？」

「そっかぁ。リアルスプーンかぁ」

サジはみょうにうれしそうだけど、ぼくはつっこまずにはいられない。

「リアル、それって単に自分の名前を入れたいだけだろ？」

「へへ、バレた？　でもサジっていい名前だよな」

「ありがとう。だけどぼくはふたりの名前がうらやましいな。リアルとワタルって、似《に》てないようでちょっと似てるよね」

どこがだよ、って思っていたら、リアルがすぐに反応《はんのう》した。

「『る』で終わるとこだけな」

「あー、ホントだ、そうだね。いま知ったよ」

「おれはずっと前から知ってたぜ」

リアルは得意そうにそういっていた。


それからぼくたちは、サジの部屋にあったカードゲームをした。ぼくはぜんぜん知らないマイナーなゲームだったけど、リアルは「これ、すげぇ好きなやつなんだ。なんでサジも持ってんの？」って、大はしゃぎだった。たまに野宮とかといっしょに教室でやっているやつなんだって。

ふたりでルールを教えてくれたけど、これがけっこうむずかしい。五回ゲームして、五回ともぼくがぼろ負けした。

でも、楽しかったな。

サジとはもちろんはじめてだけど、リアルとゲームして遊んだのなんて、幼稚園《ようちえん》ぶりかもしれない。

「サジ、なかなかやるじゃん。今度はサワーたちといっしょに教室でやろうな!」

連勝してゴキゲンのリアルは、そういってサジの肩《かた》を何度もたたいていた。サジもすごくうれしそうににこにこしていた。ほんとうにうれしそうだった。

それを見て、ぼくはようやく気がついた。

たぶんサジは、教室でリアルたちがもりあがっているのを見て、仲間に入れてほしかったんだ。それでこのゲームを家の人に買ってもらったんじゃないかな。ね、きっとそうだよ。

それをリアルに教えてやりたい気もしたけど、ここはだまっておくのが男だよなぁと思って、ぐっとこらえた。

いろんな気持ちに気がつくのって、すごくむずかしいことだよね。

自分の気持ちにさえ、気がつけないことってあるからさ。だから他人《ひと》の気持ちはなおさらだ。

藤間の家にいったときも、ハンバーガーショップで会ったときも、放送室ジャックのときだって、そうだったよな。

サジがリアルのためにそこまでする理由なんか、ひとつしかない。

それに、前の学校でサジの好きになった相手が、どうしてサジをキモいなんていったのか……。

点と点がつながって、一本の線になる。

サジがリアルに「べったり」な理由って、やっぱりそういうことなんだよな。

ほんとうはもっと前からわかってたよ。だけど、ぼくは気がつかないふりをしていた。

こんなことサジにはいえないけど、絶対《ぜったい》の絶対にいえないけど、ぼくはひどいことを考えていた。

ぼくのかんちがいならいいのになって、そう思っていたんだ。

だってもしそれがほんとうなら、ぼくたち三人は、きっとずっといまみたいな三人ではいられない。

そんなのやだなって、ぼくはどうしても思っちゃうんだよね。

ぼくとリアルは、ちょうどプールが終わるころを見計らってサジの家を出たつもりだったけど、家に帰るとかあさんから超《ちょう》しかられた。

「どこいってたのよ！」

そうだった。プールの直前に、リアルは野宮に見られていた。リアルが急にいなくなったって、野宮が先生にいったのかもしれない。ぼくとサジは見られていなかったけど、リアルんちのおじさんがぼくの家に連絡《れんらく》するのは、とうぜんといえばとうぜん。うかつだった。

サジは親にバレていないはずだし、ほんとうのことを全部いうわけにもいかなくて、リアルとふたりで遊んでいたことにしてしまった。かあさんはうたがわしそうにぼくを見る。

「リアルとふたりでぇ？　あんたが？」

「そうだよ、わるい？」

「わるかないけど、なにして遊んでたのよ？」

「……サ、サッカー?」

われながら説得力のないいいわけだ。楽しみにしていたプールをサボって、リアルとふたりでサッカーって。ないいね。

数分後、リアルから電話がかかってきて、サジの名前を出さないように念を押《お》された。

「わかってるよ。リアルとふたりでサッカーしてたことになってるから」

「……もうちょっとマシなうそをつけよ。これまで一度もしたことないじゃんか」

「だよね。ぼくもそう思った。それよりさ、リアル。今日はありがとうな」

「えっ、なにが」

「今日、おまえがいてくれなかったら、いろいろうまくできなかったよ、ぼく。ほら、サジのこと」

自分でいってびっくりした。

リアルの前でこんなに素直《すなお》になれたのは、はじめてだった。

リアルもおなじようにびっくりしたのか、すこしだけ返事がおくれた。

「べつに。だっておれ、なんもできなかったし」

「そんなことないよ」

リアルがだまっているので、ぼくはもう一度おなじことをくりかえす。

「そんなことないって」

「そうかな」

「うん。リアルはすごいよ。かっこいい」

「……アスカ、どうしたんだよ。アタマだいじょうぶか？」

失礼なやつだな、せっかくほめてやったのに。そんなに心配そうにいわなくたっていいだろう。

「べつにだいじょうぶだよ。じゃあ、もう切るね」

「あ、アスカ」

「うん？」

電話口で、リアルが「ふっ」と笑ったのがきこえた。

「前、よくいっしょに食べたよな、アイス。おぼえてる？」

リアルにいわれて、ぼくは思い出した。

おばさんはお菓子作《かしづく》りがうまかった。

夏になると、よくアイスを作ってくれたんだ。チョコレートのや、クッキーやバナナが入ったのや、いろいろあったな。

ぼくのかあさんとちがって、おばさんは専業主婦《せんぎょうしゅふ》だった。うちのかあさんには白衣とビーカーが似合《にあ》うけど、おばさんにはエプロンとフライパンが似合う。髪《かみ》が長くて、やさしくて、いつもふんわりしたお日さまみたいなにおいがしていたっけ。

「うん、おぼえてるよ。幼稚園《ようちえん》のころだろ?」

「そうそう。おまえ、いっつも食べすぎてさぁ」

クククッと笑いながら、リアルがいった。そうだった。よくおなかをこわしていた。

「う、うまかったんだよ、おまえんちのアイス」

「そうだっけ」

「そうだよ。コンビニのより、タカミヤのより、ぜんぜんうまかった」

これはアイスの話であって、アイスの話じゃない。アイスのむこうに、元気だったころのおばさんがいる。

「また食べたいよなぁ」

リアルがしみじみいうので、ぼくはすごくせつなくなった。鼻のおくがツンとする。

「ぼくんちのかあさん、アイスはきびしいけど、かき氷なら作ってくれるよ。食べにこいよ」

「かき氷って、けずるだけじゃねぇか。おれでもできるって」

ぼくたちはげらげら笑った。

笑っていたら、涙《なみだ》が出てきた。リアルがへんなことをいうからだ。
電話でよかったなって思いながら、ぼくは涙をふいたんだ。

5 ぼくたちのひみつ

リアルの過去《かこ》〜ぼくのいま〜サジの未来

今年の夏の一大イベントは、二泊《はく》三日の林間学校だ。

七月二十八日、ふたつとなりの県にある藍ヶ岳《あいがたけ》という山に、ぼくたちはバスで出発する。

着がえやお菓子《かし》の入った大きなリュックを背負《せお》って、いつもよりずっと早い時間に登校すると、学校の校庭に大きなバスが四台止まっていた。校庭に車が止まっているのを見るのははじめてで、なんだかそれだけでわくわくする。

「じゃあ出発するよ。一時間くらい休憩《きゅうけい》がないけど、トイレはだいじょうぶ？　おなかの調子がわるい人はいない？　車酔《くるまよ》いは手おくれになる前に自己申告《じこしんこく》してください」

甲斐《かい》先生は冗談《じょうだん》をいっているわけじゃないけど、手おくれになる前に、のところで何人かが笑った。

「せんせー、サジが酔うかもって」

前のほうの席から、リアルの声がきこえた。甲斐先生は「自己申告《じこしんこく》」っていったんだぞ、リアル。

サジはリアルのとなりに座《すわ》っているはずだ。甲斐先生がサジにきいている。

「先生のとなりに座る？　え？　リアルのとなりがいい？　あ、そう」

甲斐先生も苦笑いだ。

「へーき、へーき。おれ、スーッとするガム持ってっから、わけてやるよ」

「川上《かわかみ》、酔《よ》いどめぐすりは持ってる？」

「飲んどけよ、サジ」

サジの声だけが、小さくてきこえない。

「なぁ、渡《わたる》」

「え？」

「リアルと川上ってさぁ……」

となりの席のトシがなにかいいたそうにして、でも口を閉《と》じた。

「なんだよ？」

「いや、リアルのとなりは野宮《のみや》だろうと思ったから、意外でさ」

たしかに、野宮でもなく、サッカークラブのやつらでもなく、なぜかサジがリアルのとなりをじんどっている。

というのも、バスの席順を決めるときには、すでにリアルのとなりはサジに予約されていたんだ。野宮とか溝口《みぞぐち》とか、ほかにも何人かに声をかけられたリアルは、「わりぃ、サジと約束しちゃったから」って、ことわっていた。ちゃっかりしてるなぁ、サジ。

サービスエリアでのトイレ休憩《きゅうけい》のとき、なにげなくリアルたちの席を見ると、窓側《まどがわ》に座《すわ》っているサジは、リアルの肩《かた》によりかかってぐったりと目を閉《と》じていた。

「サジ、ぐあいわるいの?」

リアルはシーッと、人さし指を口もとにあてた。

「ずっと寝《ね》てるんだよ。きのうの夜、興奮《こうふん》して眠《ねむ》れなかったんだって。おれ、ひまなんだけど。しかも身動きとれねぇし」

サジを起こさないように、リアルは小声でグチっている。お人よしだよなぁ、こいつって。

ちょっとかわいそうな気がして、ぼくはサジに顔を近づけた。

「おいサジ、寝たふりだろ?」

リアルがぎょっとしているのが、おかしい。本気で気づいてなかったんだな。

「ひどい、なんでわかったの？」

目をぱちりと開けたサジは、ぼくにむかって口をとがらせた。とうぜん、リアルはキレている。

「おまえ、仮病《けびょう》なの？　酔《よ》ってんのかと思って、肩《かた》かしてやったのに」

「やだな、仮病なんかじゃないよ。酔いそうっていっただけじゃない」

リアルはいっしゅん考えて、

「そうだな……？」

納得《なっとく》してしまっている。だめだ、こりゃ。

そのあと一時間くらい高速道路を走って、ようやく目的地に着いた。

バスから降《お》りると、緑色がいっぱい。自然だらけだ。それに、空気が澄《す》んでいるかんじがする。

しかも、すずしい！

エアコンなんて必要なさそうだなぁ。ぼくはつめたい空気を胸《むね》いっぱいにすいこんだ。

まずはホテルの部屋に荷物をおいて、ホール に集合。お昼を食べたあと、近所にある郷《きょう》土資料館《どしりょうかん》に見学に出かける。むかしの農作業で使った道具や、山で生活するための知恵《ちえ》が書かれたものが展示《てんじ》されていた。

そのあとは、班対抗《はんたいこう》のオリエンテーリング。地図を見ながらポイントに立っている先生たちをさがして、スタンプをもらって先にゴールした班が勝ち。

ぼくの班は、どうしても甲斐先生だけ見つけられなくて、残念ながら失格《しっかく》だった。べつの班だったリアルにあとできいたら、長い髪《かみ》のカツラで変装《へんそう》していたんだって。そんなのアリかよっ。てゆーか、見たかった、それ！

その日は朝早かったし、バスの移動《いどう》とオリエンテーリングでけっこうつかれたから、夕飯を食べてお風呂《ふろ》に入ったら、ぼくはすぐに寝《ね》てしまった。

リアルとサジはぼくとはちがう部屋だったけど、消灯後に部屋でさわいでいるのが先生たちにバレて、みんなでろうかに正座《せいざ》させられたらしい。

おなじ部屋じゃなくてよかったぜ。


翌日《よくじつ》も、いい天気だった。

ぼくはシーツを回収《かいしゅう》する係になっていたので、一組男子の部屋から回収をすませて、担《たん》当《とう》の先生に届《とど》けた。

「一組はなんでも早いなぁ」

二組の橋本《はしもと》先生にほめられた。

へぇ、一組って、なんでも早かったんだ。知らなかった。

ぼくがそう思っていると、横から甲斐先生が、

「そういうときはね、甲斐先生のご指導《しどう》のおかげですっていうの」

「甲斐先生の、ご指導のおかげです」

「あはは、飛鳥井《あすかい》は素直《すなお》だな」

おお、甲斐先生が声を出して笑っている。

あとでリアルに自慢《じまん》しよう。そう思ったとたん、

「あっ、先生笑ってる！　なんかウケることあった？」

リアルが部屋から顔を出して、キラキラした目でこっちを見ている。なんて目ざといやつなんだ。

「先生、もう一回笑ってみて」

リアルとぼくと橋本先生からいっせいに注目されて、甲斐先生の笑い声はたちまちひっこんだ。

「おかしくもないのに笑えますか」

「ちぇー。先生、笑ってたほうがいいのに。髪《かみ》も長いほうが絶対似合《ぜったいにあ》うって。きのうのカ

ツラまたつけてよ。それか髪《かみ》のばそうよ」

いつものことだけど、先生にむかってよくそんなことがいえるよな、こいつ。

すこし長めの髪型にしているリアルなんかよりも、甲斐先生の髪の毛はずっと短い。ぼくはそれがけっこう好きだ。さっぱりしていて、甲斐先生らしいと思う。だけどリアルがそこまでいうなら、やっぱり長いのも見てみたかった。

せっかくリアルがほめているのに、甲斐先生はあいかわらずそっけない。

「アドバイスありがとう。きみたちが卒業したら、のばすから」

「げぇ、いじわりぃ。卒業しても押《お》しかけてやる」

中からだれかによばれて、リアルは部屋にもどった。

おもしろそうになりゆきを見守っていた橋本先生が、にやにやしながら口を開く。

「長い髪が似合《にあ》うとか、笑顔《えがお》がかわいいとか、最近の小学生は口が達者だよ、まったく。なぁ？　飛鳥井くん」

橋本先生は話を大げさにするよな。さすがのリアルも、先生にむかって「かわいい」とまではいってない。

「最近の小学生でまとめないでください。リアルはふつうじゃないんです」

ぼくがそう訂正《ていせい》すると、先生たちはふたりとも笑ったけど、甲斐先生の笑いかたはちょっとさみしそうだった。

「そんなことはないでしょう」

甲斐先生はぼくの目をまっすぐに見た。

「リアルだってふつうの小学生。飛鳥井とおなじ五年生だよ」

ぼくはそのとき、とうさんがいったことを思い出してハッとした。おとなの顔をするリアル。

もしかしたら、いまみたいななにげないぼくの言葉が、リアルにそういう顔をさせてしまうこともあるんじゃないかって、そう思った。

考えこんでしまったぼくにむかって、甲斐先生はやさしくうなずいた。


今日は林間学校のメインイベント、藍ヶ岳登山だ。夜にはキャンプファイヤーもある。

でもそれ以上に注目されているのは、キャンプファイヤー後の自由時間だ。

「自由時間のとき、ちょっと話せないかな。リアルと飛鳥井くんに話があるんだ」

ゆるやかな坂道をのぼりながら、サジがぼくにこっそりそういった。

「ホテルの玄関《げんかん》出たところにさ、木のテーブルとベンチがあったでしょ？　あそこならゆっくり話せそう」

「ぼくはべつにいいけどさ、その話って今日じゃなきゃだめなの？　今日はリアル、なんていうか、混《こ》むと思うよ」

「混むって？」

「女子によびだされまくって、それどころじゃないってこと」

自由時間っていうのは、女子風にいえばつまり、「キャンプファイヤーのフォークダンスでいいかんじになってからの〜、告白タイム！」ってやつだ。そんな時間にリアルがどうなるか。わかるだろ、サジ。

あ。

もしかして、おまえも女子とおなじこと考えてる？

「でも、今日じゃないとだめなんだよね」

サジはゆずらなかった。こいつはけっこうガンコだから、一回いいだしたらもうだめだ。まぁ、それはいいとしてもだ。

「それさ、リアルだけじゃなくて、ぼくもいたほうがいいの？」

「うん。飛鳥井くんにも知ってほしいことなんだ。だって大切な友だちだから」

そんなもんかなぁ。「もう知ってる」っていったら、サジはどんな顔をするだろう。

「リアルにも伝えておいてくれないかな。ぼくはここからべつのコースだから」

見ると、道がふたつに分かれているところで、橋本先生が点呼《てんこ》をとっていた。ふたつから選べるコースのうち、サジは登山レベルの低いほうを選んでいる。

「じゃあ、またあとでね」

サジはそういって、橋本先生のほうへ走っていってしまった。

一方のリアルは先頭のほうにいるらしく、登りはじめてから一度も姿《すがた》を見かけていない。結局登山中は追いつけなくて、休憩所《きゅうけいじょ》でお昼を食べているところをやっとつかまえた。

「リアル、わるいんだけどさ、自由時間のとき、ちょっときてくんない？　サジが話あるんだって。なんか大事な話みたい」

「えっ、バクロ大会？」

「ちがうよ。つーか、声がでかい」

近くにいた野宮と目があった。だけど野宮は空気がよめるやつだから、なにもいわずに目をそらしてくれた。さすがリアルの親友だけあって、野宮はいいやつだ。

「いいよ。んじゃ、その時間になったら、そこにいくな」

あんがいあっさり、リアルは了解《りょうかい》した。

あ、そうか。もしかしてリアルのやつ、女子につかまりたくないのかも。告白されてひとつひとつことわるのって、けっこう大変そうだもんね。

そうでなけりゃ、まったくなんにも考えてないかのどっちかだな。

とにかく、これで任務完了《にんむかんりょう》だ。


「おれさぁ、死ぬのがこわいんだよなぁ」

約束の時間になってやってきたリアルは、とつぜんそんなことをいった。

ホテルの出入り口にある木製《もくせい》のベンチに、ぼくたち三人はならんで座《すわ》っている。

きっといまごろ、リアルをさがしまわっている女子が何人もいるはずだ。ここならホテルの内側からは見えないようになっているから、先生が見まわりにでもこないかぎりは安全だと思う。自由時間は外出禁止《がいしゅつきんし》になっているけど、ここまではぎりぎりセーフ（たぶん）。

そんなことより、なんだって？　死ぬのがこわい？

「なんだよ、とつぜん」

「だってバクロ大会なんだろ？」

「だからちがうって。サジが……」

「ううん。いいよ、バクロ大会でも」

サジが話をあわせる。ちょっと待て。ぼくもなにかバクロしなくちゃいけないってことか？　なにも用意してないぞ。

話したがりのリアルは、「じゃあ、おれからな」って勝手に続きを話しはじめた。

「なんもわるいことしてなくても、病気や事故《じこ》や事件《じけん》で、とつぜん人は死ぬじゃん？」

「まぁ、そりゃ」

「そうだね」

「おまえら、それで平気なわけ？」

ぼくとサジはすぐには答えられなかった。

サジはその質問《しつもん》にどう答えようか考えているみたいだったけど、ぼくはぜんぜんべつのことを考えていた。たとえば、早く先生が見まわりにきてくれないかな、とか。

だってぼくはこの場から逃《に》げ出《だ》したくてたまらない。リアルと死ぬことについて話すのは、それこそリアルすぎる。

サジが首をかしげながら答えた。

「あんまりちゃんと考えたことない」

「そっか、そうかもな。サジはそうかもしれない」

リアルのそのいいかたに、グサリときた。

まるで、サジはそれでいいけど、ぼくはそれじゃいけないっていわれているみたいで、居心地《いごこち》がわるい。

「あのさ、おれいつも考えてるんだけど、たとえば飛行機が落ちたり、船が沈没《ちんぼつ》したり、大地震《おおじしん》がきたり、重い病気になったり、いじめで自殺したり、ヘンシツシャに殺されたり、戦争に巻《ま》きこまれたりして、みんな死ぬじゃん。子どもでも死ぬんだよ」

そしてリアルは深刻《しんこく》な声でつぶやいた。「不公平だよなぁ、ホント」

「だけど、うちのオヤジはいうんだ。不公平だけど、ひとしく不公平だっていう点では、みんな公平なんだって。そんなのって、おれ、ただのへりくつだと思うけど、でもそれが世の中の真理なんだって。正義《せいぎ》が勝つとはかぎらないし、幸せや不幸が平等とはかぎらない。そんな中で平和に生きてるって、超《ちょう》すげぇことなんだぜ。奇跡《きせき》なんだぜ。死んだらなんにもなくなっちまう。からだも気持ちも、なくなるんだ。それってさ、よーく考えると、すっげぇこわくねぇ？　どうしてみんなふつうにしていられるんだよ。明日《あした》死んじゃうかもしれないってのにさ、だれかがくだらないことやってたり、人を傷《きず》つけたり、時間ムダにしたりしてるの見ると、腹《はら》がたつっていうか、ばかみたいって思うんだ。でもおれだってたまにそういうことしちゃってるから、そういうのに気がつくとマジでいやんなる」

リアルは一気にそこまでいって、不安そうな表情《ひょうじょう》でぼくとサジを見た。

そりゃあね。

ぼくだって死ぬのはこわい。

リズムのことがあったから、ぼくはたぶんほかの子どもよりも、死ぬことについて考える機会が多かったはずだ。

でも、機会は多かったけど、ぼくはちゃんと「死」とむきあわなかった。

なぜかっていうと、目をそらせばそれですんだからだ。ヒサンなニュースより、楽しいアニメを見たいといえば、かあさんはチャンネルをゆずってくれた（とうさんはともかく）。

リアルがぼくとちがってそうはいかなかったことも、もちろん知っていた。知っていたけど、ぼくは目をそらしつづけたんだ。「死」から。そして、リアルから。

「ねぇ、リアル。人間の死亡率《しぼうりつ》は百パーセントなんだって知ってる？」

サジがそういったけど、ぼくにはあんまりピンとこなかった。でもリアルは真剣《しんけん》な顔でうなずいている。

「死なない人間はいないってことだろ？　でもいつ死ぬかはわからないんだ。明日《あした》死ぬかも」

「リアル、さっきから明日《あした》死ぬかもっていうけど、もしかしたら五十年後かもしれないし、八十年後かもしれないんだよ」

「八十年後っていうコンキョはないだろ。明日かもしんないじゃん」

「明日だっていうコンキョだってないよ」

「まぁそうだけど」

リアルは肩《かた》をすくめた。堂々巡《どうどうめぐ》りだ。

「とにかく、そんなにこわがらなくてもだいじょうぶだって。だってリアルが死ぬときは、たぶんいまのリアルとはちがうリアルになっているから」

「ちがうおれって？」

「そのときのリアルは、死ぬことをそんなにこわいと思わないかもしれない。いい人生だったたって、そろそろ死んでもいいかなって、そう思っているかもしれない。ぼくのひいおばあちゃんはそうだったよ。亡《な》くなったとき、とっても幸せそうだった。もう大満足ってかんじ」

リアルは目を大きくして、サジの言葉を受けとめていた。

「そんなふうに考えたことなかった」

ぼくもだよ、リアル。

死ぬことは、もっと暗くて、こわくて、不幸なものでしかないと思ってた。だけど、そうじゃない可能性《かのうせい》だってある……？

よくわからないけど、もしかしたらそうなのかもしれない。

サジのその考えかたは、ぼくたちにとってはとても新鮮《しんせん》だった。リアルがかかえつづけてきた、そしてぼくが逃《に》げつづけてきた、答えの出ないむずかしいその問題に、サジはそんなふうになぐさめを与《あた》えてくれた。まるで暗やみの中にひとすじの光が差したような、それはあたたかく心強い「希望」だった。

そしてその「希望」が、ぼくに勇気をくれたのかもしれない。リアルが考えていることを、ぼくはもうすこしききたいと思った。

「ねぇ、そういう話、リアルはどうしてぼくたちにしようと思ったの？」

するとリアルはまじめな顔でぼくにこういった。

「おれさ、アスカにいわなきゃいけないことがあるって、ずっと思ってたんだ」

「ぼくに？　なんだよ」

「だからつまり、おれが死ぬことにビビってる原因《げんいん》についてだよ」

ぼくは思いあたることがあって、うなずいた。うなずいたぼくを見て、リアルもうなずく。

「バクロ大会ならちょうどいいと思ってさ。サジにもいっしょにきいてほしいんだ」

リアルはポケットからなにか青くて平たいものを出した。見ると、通塾《つうじゅく》で使うバスの定期入れだった。

「べつにいつも持ち歩いてるわけじゃねぇけど」

いいわけしながら、リアルはその中に入っていた小さな写真を見せてくれた。

「これ、おれのかあさんと弟なんだ。アスカは知ってるよな」

おじさんがとった写真かもしれない。そこにはリアルとおばさんと、それから弟のリズムが写っていた。

ぼくとサジは額《ひたい》をよせあって、その写真をじっと見る。

リアルは一年生くらいかな。場所は海だ。……海？

ぼくはハッとした。

リアルが一年生くらいで、みんなで海にいる。もしかしてこれ、事故《じこ》のあった夏の写真なんじゃないか……？

ビーチパラソルの下で、リアルとおばさんは笑っている。おばさんのひざの上で、リズムは目を閉《と》じてしまっていた。お気にいりのネズミのぬいぐるみもいっしょだ。

ぼくはおばさんの顔をひさしぶりに見た気がした。こうして見ると、けっこうきれいな人なんだよな。

「おかあさん、そっくりだね」

いやいや、リアルはおじさん似《に》だよ。サジも会ったことあるじゃんか。そうつっこもうとしたけど、サジの次の言葉は、ぼくには予想外だった。

「甲斐先生にそっくり」

「あっ」

そういわれると、似てる……！

すずしげな目もとか、意外と大きな口とか、あごの形とか、顔の全体的な雰囲気《ふんいき》が、なんとなく似ている。どうしていままで気がつかなかったんだろう。ぼくが甲斐先生を見てなつかしいかんじがしたのは、きっとこのせいだ。リアルはうれしそうに笑う。

「やっぱり？　おれもそう思う。ほんとうは笑ったとこがいちばん似てるんだけど、あんまり笑わねぇんだよな。先生って超《ちょう》クールだし。まぁ、そこがまたいいっていうか……。あれ、なにいってんだ、おれ」

とりあえず後半はきかなかったことにして、ぼくは今朝のことを思い出した。甲斐先生の笑顔《えがお》や長い髪《かみ》に、リアルはやけにこだわっていた。だけどリアルがほんとうに笑ってほしいと思っているのは、たぶん甲斐先生じゃないんだろう。

写真をしまいながら、リアルは話しはじめた。

「サジが知ってるかどうか知らないけど、おれの弟って、四年前に事故《じこ》で死んじゃったんだ」

サジがぼくのほうをちらっと見たので、ぼくが先にリアルにいった。

「ごめん、ぼくがサジに教えた」

「そっか。だよな。どこまで話した？」

「小さいときに死んじゃったって。それだけ」

「それだけかよ」

ぼくだってそれ以上のことはそんなに知らない。海の事故だったってことだけだ。

リアルがぼくたちに事故のことを話そうとしている。ぼくは息をつめてリアルの言葉を待った。

「海でさ、あのときおれたち砂浜《すなはま》にいたんだけど、いつのまにかぬいぐるみが波に流されたらしくて、それを追いかけてっておぼれたんだって。……だけどあの事故、じつはおれのせいだから」

「え？」

思わずぼくは声をあげた。

そんなぼくの反応《はんのう》を見て、リアルは肩《かた》をすくめた。

「やっぱ知らなかったのか。おじさんたち、アスカにはいわなかったんだな。たぶんそうなんだろうって思ってたから、なんとなくおれもずっといえなかった」

「なに、どういうこと?」

「あのときリズムの近くにいたの、おれだけだったんだ。オヤジは海の家に買いものにいってて、かあさんは近くにいたけど、昼寝《ひるね》してた。リズムのこと見てるんだぞって、おれ、オヤジからたのまれてたんだけど……」

そこまでいって口を閉《と》じたリアルが、そのときのことを思い出しているのがわかった。とりかえしのつかないことが起きてしまったときの、あせり、恐怖《きょうふ》、そして絶望《ぜつぼう》。そんなリアルのなまなましい感情《かんじょう》が、ぼくとサジの心の中につきささるように流れこんでくる。

ぼくもサジもせかしたりせず、リアルが口を開くのをただ待っていた。ぼくには待つことしかできないけど、おまえがしゃべりたくなるまで、ずっと待ってるよ。そう思いながら待っていた。

やがてリアルはしゃべりはじめた。

「オヤジにそうたのまれてたんだけど、おれ、砂《すな》でトンネル作るのに、夢中《むちゅう》になっちゃってさ」

ホントばかだよな。リアルがつぶやくようにいった。

『アルトってさ、きょうだいのこと、すげーよく見てるんだぜ』

あのときおまえがどういう気持ちでそういったのか、ぼくはなんにもわかっていなかった。

『秋山《あきやま》くんみたいなおにいちゃん、ほしかったな』

サジからそういわれて、なぜあんな反応《はんのう》をしたのかも。

「これ、だれかにいうのはじめてだけど」

声を無理やり明るくさせて、リアルの告白は続く。

「あのときおれ、かあさんからすげぇせめられたんだぜ」

リアルは自分の首をつかむようなしぐさをしてみせた。

「こうやって、首んとこつかまれてさ、なんでちゃんと見てなかったのって。こえーだろ。自分は寝《ね》てたくせにさ」

そんなことがあったのか。だけどそれは……。

ぼくが思ったこととおなじことを、サジがすぐに口にした。

「リアル、それはおばさんだってショックだったから、そんなこといっちゃったんだよ。

リアルのせいじゃないって、ほんとうはわかってるよ」

リアルがおばさんに会いにいかない理由が、なんとなくわかった気がした。そして、それはきっとまちがっているってことも。

リアルが一歩踏《ふ》み出《だ》したなら、ぼくも一歩踏み出さなきゃいけない。

ぼくはリアルとむきあった。

「リアル、おばさんにあんまり会いにいってないんだって？　会いたくないの？」

「だからおまえ、おれの話きいてた？　おれがどうこうじゃなくて、かあさんがおれの顔なんか見たくねぇんだって」

「ぼくはリアルの気持ちをきいているんだ」

リアルは「おっ」という顔でぼくを見た。その横でサジがリアルを見つめている。

ぼくの問いかけに、リアルは上をむいて考えはじめた。

「うーん。そりゃ、やっぱ会いたいよ」

「で？　ほかにもなんかあるだろ、おばさんに対して思ってること」

「そうだなぁ……。早く元気になって、うちにもどってほしいとか？」

「うん。でも、それだけじゃないだろ？」

ほかにももっとたくさんあるはずだ。ぼくはそれを、おまえの口からちゃんとききたい。

リアルはぼくの目を見た。口に出していいのかどうか、迷《まよ》っているみたいだった。

いいんだよ、リアル。

おまえにおとなの顔をさせるのは、もういやだ。

そしてリアルはようやく口を開いた。

「おれはかあさんに、前みたいに笑ってほしい」

「うん。それと?」

「ごはん作ってほしい。できればお菓子《かし》も」

「そうだよね。あとは?」

「試合を見にきてほしい。参観日にもきてほしい。いっしょに旅行にいきたい。あの事故《じこ》がなければふつうにしているはずだったことを、全部したい」

そこまでいって、リアルはぼくから顔をそむけた。「あと」

「自分ばっかり病気になんかなってんじゃねぇって、正直ちょっと思ってる」

ふーっと、リアルは息をはいた。そうだ、そうやって全部はきだせばいい。おまえは自分の気持ちをあとまわしにしすぎなんだよ。

リアルは不安そうにぼくたちの顔色をうかがっている。

「最悪だよな。ケーベツした？」

「最悪なんかじゃないし、ケーベツもしてないよ。な、サジ」

サジは大きくうなずいた。「するわけない」

「リアルはもっと親にあまえたほうがいいんだって、うちのとうさんがいってたんだ。ぼくもそう思う。だけど、ぼくたちがみんなリアルをたよりにしすぎるから、すごいやつだって決めつけるから、それがいけないんだよな」

そうだ、ぼくはわざと見ようとしなかったんだ。

リアルはとにかくすごいやつ。あんなことがあっても、ちゃんと立ち直っている。ぼくなんかとは、もともとぜんぜんちがうんだ。

そんなふうに、リアルのことを手に負えないくらいすごいやつだと思うことで、ぼくはいつも自分を守ろうとしていた。

リアルに弱点がないわけじゃない。リアルの弱い部分から、いつもそうやって目をそらしていたのは、ぼく自身だ。

「ごめんな、リアル」

リアルがぼくの後ろを歩きはじめたときも、わすれものばかりするようになったときも、ぼくは「どうして」ってきいてやれなかった。

ぼくにできたこと、ほかにもきっとたくさんあったよな。

ごめん、リアル……！　ほんとうにごめん。

もうおそいかもしれないけど、いま、おまえに伝えるよ。

「おまえがそんなにすごいやつじゃなくたって、ぼくたちはリアルのことがちゃんと好きだよ」

まわりのおとなたちも、きっとみんなそう思ってる。うちのとうさんも、かあさんも、甲斐先生も、もちろんおじさんだって、きっと。

知ってたか？　おまえが完璧《かんぺき》なやつになればなるほど、まわりはときどき身動きがとれなくなるんだ。ぼくもそうだったし、もしかしたらおばさんもそうなのかもしれない。

だからそんなにすごいやつにならなくたっていい。がんばりすぎなくたっていい。泣きたいときは泣けばいいし、つらいときは逃《に》げればいいじゃん。

だってリアル、ぼくたちまだ子どもなんだよ。甲斐先生がぼくに教えてくれたんだ。リアルだってぼくとおなじ、ふつうの五年生なんだって。

「あ、リアル……」

サジがおどろきの声をあげる。

声を出さずに、ぼくをじっと見たまま、リアルは泣いていた。

リアルが泣いてる。あのリアルが、泣いている。

ぼくはきいたことがある。クラスでだれかが泣いていたら、最初に気がつくのはいつもリアルなんだって。

だけどリアルの涙《なみだ》を見たことがあるやつは、きっとそんなにいない。ぼくだってひさしぶりに見た。最後に見たのは幼稚園《ようちえん》のころだ。車のおもちゃの取り合いで、派手《はで》にけんかしたんだよな。

あのころぼくたちは小さな子どもだったけど、いまだってまだまだ子どもなんだ。

とうさん、スーパーリアルの仮面《かめん》がはがれたよ。

「泣くなよ」

ぼくがそういうと、リアルは泣きながらちょっとだけ笑った。

「おまえが泣かせたんだろ」

リアルは手のひらで涙をぬぐった。

サジがリアルにポケットティッシュを差し出して、なぜかちょっとさみしそうにいう。

「飛鳥井くんにはかなわないや」

それはこっちのせりふだ。ハンカチとかティッシュとか、なんでいちいち持ち歩いてるんだよ。準備万端《じゅんびばんたん》か。

リアルはちょっと考えて、

「もしかしたら、おれ、アスカにそういうこと、いってほしかったのかもしんないな」

そしてぼくにむかって、

「ありがとう」

といった。

それは、いままでもらったどの「ありがとう」よりも、ぼくにとっては特別な「ありがとう」だった。


ピンク色のティッシュで鼻をかんでいるリアルを見ていたら、なんだかぼくも白状《はくじょう》したくなってきた。

「じつはさ、ぼく、リアルとおなじクラスになったとき、ゲッて思ったんだよね」

「はー？　はんらよ、ほれ？」

鼻をつまらせながら、リアルはさも心外そうにいう。

「その、事故《じこ》のことがあって、どうしていいかわからなかったってのもあるんだけど、それだけじゃなくて、リアルのほうがぼくよりなんでもできるから、くらべられるのがいやだったんだ。おなじクラスになると、そういう機会が増《ふ》えるだろ？」

思いきって告白したのに、リアルとサジは「やれやれ」って顔をしている。

「あのさァ、おまえは自分に自信がなさすぎなんだって。すくなくとも、こんなふうにおれを泣かせたやつは、ほかにいないね」

「ふふ、ぼくもそう思うよ。リアルにはリアルのいいところがあって、飛鳥井くんには飛鳥井くんのいいところがあるんだよ」

「そうかなぁ」

「そうだよ。そりゃあ、女の子にはリアルのほうがモテるけどさ」

ぼくはがっくりきた。ひとこと多いんだよ、サジ。

「でも、彼女《かのじょ》ができるのはリアルが先だと思うけど、結婚《けっこん》するのは飛鳥井くんが先じゃないかな。なんとなくそう思う」

「へぇ、そうなの？　それ、どうちがうの？」

「やめようぜ、結婚の話は」

リアルがうんざりした声でいうから、ぼくとサジは大笑いした。


ぼくはいままで、リアルの得意なことは、やってもあんまり意味がないみたいに、ずっと思ってきた。ぼくにはどうせ、リアルをこえられない。

だけど、リアルにはできなくて、ぼくにならできることも、ひょっとしたらあるんじゃないのかな。

たとえばぼくはピアノをひくことができる。放送のアナウンスが得意だ。友だちといっしょに、放送室をジャックしたことだってある。

そしてもうひとつ。

リアルは気がついていない、サジのひみつに気がつくことができたってこと。

きっとそんなぼくだからこそ、サジのためにしてやれることがあるはずだ。気づかないふりをするのはかんたんだけど、これからはそうじゃない。

ぼくはそう思いながらサジを見た。

「じゃあ、いよいよサジの番だな。なんかいいたいことあるんだろ？　べつになにいってもぼくはおどろかないし、覚悟《かくご》も決めたから」

リアルは目をぱちぱちさせながら、

「なにいってんの、おまえ。覚悟……？」

そんなのんきな顔していられんのも、いまのうちだぞ。ぼくの心臓《しんぞう》がドキドキしている。いや、ぼくがドキドキする必要はない。

サジはリアルからもらい泣きしたらしく、うさぎみたいに赤い目をして笑っている。

「うん。でも、びっくりすると思うよ」

「なんだよ、いってみろよ」

「そうだよ。リアルはどうかわからないけど、ぼくはちゃんと受けとめるから」

リアルがふしぎなものを見る目でぼくを見てくる。こいつ、ほんとうにちっとも、なんにも、これっぽっちも、気がついていないんだな。それはそれですごい気もする。

ぼくとリアルはサジに注目した。

「あのね、じつはぼく……」

ぼくはゴクリとつばをのむ。

「もうすぐ転校するんだ」

「えっ！」

ぼくとリアルは思わず立ちあがった。

ぼくはふたつの意味でおどろいていた。うそだろ？　話って、そういう話？

「え、マジでいってんの？」

「転校って、どこに？」

「フィンランド」

「フィ……」

想像《そうぞう》をはるかにこえたサジの答えに、ぼくたちは絶句《ぜっく》した。

そもそもフィンランドってどこだよ。ランドっていうくらいだから、国の名前なんだよな。

「リアル、知ってる？　フィンランド」

「たしか北欧《ほくおう》だろ？」

さすが。でもホクオウってどこだっけ。

「フィンランドはね、ヨーロッパの北のほうにある、ぼくのパパの国なんだ。オーロラとサンタクロースとムーミンの国。あと白夜《びゃくや》ってきいたことないかな。夏は夜中まで明るくて、冬は一日中暗いんだって。それってちょっとすごいよね」

「おいおい、ちょっと待てよ。いつひっこすの？」

リアルがあせった声で、サジの言葉をさえぎった。ぼくもいきなりすぎて頭がついていかない。そんなぼくたちふたりに、サジはきっぱりといった。

「八月七日。来週だよ」

「えーっ」

「すぐじゃん！」

「うん、すぐだね」

リアルは不機嫌《ふきげん》な声でサジを問いつめる。

「おまえ、なんでクラスでいわねぇの？　転校っつったら、ふつうお別れ会だろ」

終業式の日、サジはなんにもいってなかった。ほかのクラスメイトだって、なにも知らないはずだ。サジもさすがにもうしわけなさそうにしている。

「ごめんね。そういうのってなんか苦手なんだ」

「甲斐先生は知ってんの？」

「うん。あのね、最初からその予定だったんだよ。むこうの学校って、日本とちがって夏から新しい学年がはじまるからさ。甲斐先生ってやさしいよね。一学期のあいだ、一度も席がえしなかったじゃない？　ぼくがふたりと仲よくなったから、そうしてくれたんじゃないかなぁ。それにほら、飼育委員《しいく》も特別に五人にしてくれたし。ニワトリが増《ふ》えたからなんていうから、ぼく笑っちゃったよ」

そういえば、だれかが席がえしたいっていったとき、「先生が顔と名前をおぼえたいから、夏休みまでは出席番号順」って、甲斐先生はいっていた。なんかへんだなって思ったんだよな。だって甲斐先生は、はじめの一週間でぼくたちをちゃんとおぼえてくれていた。

「おまえ、さみしくないわけ？　なんでそんなに落ちついてられんだよ。なんかちょっとつめたくない？」

リアルにつめたいといわれて、サジはすこしひるんだ。

「だってしょうがないんだもん。それに、たった四か月しかいなかったぼくのことなんか、きっとみんなすぐにわすれちゃうでしょ」

「わすれるかっ」

ぼくとリアルはそろってサジにつっこんだ。わすれるわけないだろ。友だちのために放送室ジャックするやつなんて、おまえ以外にだれがいる？

ぼくたちにせめられてサジはからだを小さくしたけど、それでも意見を変える気はなさそうだった。

「そんなこといったって、だんだんぼくのことを思い出さなくはなるよ。それってやっぱりわすれるってことじゃない」

「そんな……」

そんなことないっていいたかったけど、これまで自分のクラスから転校していったクラスメイトのことを考えると、はっきりそうともいいきれない。中には名前を思い出せないやつもいるし、おぼえていたとしても、そんなにしょっちゅう思い出しているわけじゃない。

でもさ、それは転校していったやつだっておなじことで、新しい学校で新しいクラスメイトとすごしているうち、ぼくたちのことなんかわすれていっちゃうんじゃないか？　おたがいさまだ。

「ぼくの話はそれだけだよ」

いいながらサジは立ちあがった。

「そろそろ、もどろっか」

「えっ、でもサジ……」

転校のことはもちろんおどろいたけど、サジの大事の話はそれだけじゃないはずだ。

「それだけでいいの？」

「うん、いいんだ」

そういい残して、サジはひとりでさっさといってしまった。

なんでだよ、サジ。

気持ちを伝えられないのは苦しいんだって、いってたじゃんか。それに、こいつにはちゃんとはっきりいわないと、いつまでたっても伝わらないぞ。

「はー、マジでビビった、サジのやつ」

サジのあとに続こうとしたリアルを、ぼくはあわてて引きとめる。

「ちょっと待て」

どうする……？

よけいな口出しする気はなかったけど、サジが転校するなら話はちがってくる。

「おまえさ、気づいてないの？　サジの気持ち」

「そりゃ転校は不安だろ。しかも外国って」

「そこじゃねぇよ」

リアルはきょとんとしている。ほらな、そういうところだよ。

あれだけわかりやすいサジの態度《たいど》にも、おばさんがきっとリアルに会いたがっていることにも、この時間に女子たちがきっとおまえをさがしまわっていることにだって、おまえはなかなか気がついてくれない。それじゃだめなんだよ、リアル。

「リアルはさ、みんながおまえのこと大好きなんだってこと、もっとちゃんと知ったほうがいいよ。そんでさ、好きにもいろいろ種類があってさ、ぼくもリアルのことふつうに友だちとして好きだけど、サジはたぶんそれだけじゃないんだ」

リアルの顔色をうかがう。無表情《むひょうじょう》のままかたまっている。

「ここまでいったら、わかるだろ？」

そのあと、かたまったリアルを部屋までつれて帰るのが、とても大変だった。

「サジ」

窓際《まどぎわ》で後ろに流れる風景を見ていたサジに、ぼくはおそるおそるお菓子《かし》を差し出した。

「ポッキー食べる?」

「ありがと」

サジはふにゃっと笑った。

「でも酔《よ》うからいいや」

きのうもあんまり眠《ねむ》っていないのかもしれない。とろんとした目が眠そうだ。

帰りのバスの中では、レク係がマイクで伝言ゲームの説明をしている。でも、もりあげ役のはずのリアルの声は、きこえてこない。

バスの座席《ざせき》は帰りもおなじだから、ほんとうはサジとリアルがとなりどうしのはずだった。

だけどいまはサジのとなりにぼくが座《すわ》っている。リアルにそうたのまれたからだ。

いや、正確《せいかく》にいうとたのまれたわけじゃない。ぼくより先にバスに乗りこんだリアルが、ぼくの席に座って動こうとしなかったんだ。

さわぎになったらこまるからだまって席をゆずったけど、トシは意味がわからなかっただろうな。あとでどう説明しよう。

サジはきっとこうなることを予想していたのにちがいなかった。ぼくはリアルに気づかせることに気をとられすぎて、肝心《かんじん》なサジの気持ちをちゃんと考えていなかったかもしれない。

サイテーだ。

ぼくだからこそ、サジのためにしてやれることがある？　こんなのただのおせっかいじゃないか。

「よけいなことしたよな。ごめんな」

サジは「ふふ」と笑った。

「飛鳥井くんはさぁ、ぼくのことキモいとかって思わないんだ？」

「ぜんぜん思わないよ」

「そうだよねぇ。だからそういうことが平気でできちゃうんだよ」

あっ、ぼくはせめられているのか。

サジの口調はやけにおだやかで、それがぼくにはかえってつらい。

「わるかったよ。だけどリアルだってべつに……」

「べつにおこってなんかないから」

サジはぼくをさえぎっていった。

おこっていないといいながら、サジははじめてぼくに攻撃的《こうげきてき》な表情《ひょうじょう》を見せた。

「飛鳥井くんはいいよね。ずっとリアルといっしょにいられて、あんなにリアルにたよりにされてさ。ぼくみたいにめんどうくさいのなんか、さっさといなくなっちゃえばいいって、きっとそう思ってるんだ」

早口で一気にまくしたてると、サジはくちびるをかんだ。そのいいかたに、ぼくはすこしムッとした。

「それ、本気でいってんの？　ぼくはサジとだっていっしょにいたいよ」

サジはみるみるうちに泣きそうな顔になる。

「……ごめんなさい」

ひどく傷《きず》ついたような声で、サジはぼくにあやまった。正直なところ、サジの態度《たいど》にぼくもちょっぴり傷ついた。いなくなればいいなんて、そんなふうに思うはずがないだろ。

体育座《たいいくずわ》りでまるまったサジは、自分の腕《うで》の中に顔をうずめてしまった。

「気にしないで。ただのやきもち。飛鳥井くんはわるくないよ」

サジ、泣いてる？　泣いてないよな？　むしろぼくが泣きそうだけど。

こんなところで泣くわけにもいかないので、ぼくはかわりにふうっと息をはく。

ほらな、リアル。おまえがいないと、なんだかうまくいかないよ。

「リアルとフィンランドに遊びにいくからさ」

サジは泣いていなかった。腕《うで》のすき間からちらっとぼくを見ると、

「うそばっかり」

いっしゅんかなりムカついたけど、そう思われてもしょうがない。だって、ふたりで外国にいけるほどおとなになるまで、ぼくとリアルは友だちでいられるだろうか。

これだけははっきりわかるけど、五年になってぼくとリアルがなんとなく仲がいいかんじになれたのは、サジがいてくれたからだ。

藤間《ふじま》のことも、放送室ジャックも、プールをサボってアイスを食べにいったのだって、ぼくとリアルだけじゃ、きっとああはならなかった。「もんじゃの知恵《ちえ》」はサジがいなければ発動しなかったし、プチ家出したリアルを見つけることだって、できなかったかもしれない。

バランスがとれたのは、サジ、おまえがいてくれたからなんだよ。

「いけたらいいなってほんとうに思ってるよ。サジもこっちに遊びにくればいいじゃんか」

サジはやっと顔をあげると、うらめしそうにぼくを見るのだった。

「約束なんかしないよ。どうせかなわないんだから、意味ないじゃない」

おまえ、暗いんだよ。

ぼくもいいかげんイラッときて、ポッキーでサジのほっぺたをつついてやった。


ひっこしの日はすぐにやってきた。

ぼくははじめてサジのおかあさんに会った。サジとおなじで背《せ》が低くて、かわいいおかあさんだった。想像《そうぞう》したとおり、「ママ」ってかんじのおかあさんだ。

おばさんはぼくを見るなり、

「きみがリアルくんなの?」

サジのことだから、家でリアルの話ばかりしているんだろう。なんとなく予想できるぜ。

「ちがうよ、ママ。飛鳥井くんのほう」

「ああ! 飛鳥井くんのほうね」

なんかリアルのおまけっぽいかんじだけど、もうそんなことは気にしない(うそだ、ちょっと気にしてる)。

「リアルはこないと思うよ」

サジはけっこうさっぱりしていた。そんなもんなのかなぁ。

無理やりつれてこようかとも思ったけど、そこにリアルの気持ちがなければ意味がない。だからおじさんに時間だけ伝えておいた。

空港まではサジのおじいさんの車でいくらしい。おじさんとおばさんが近所の人にあいさつしているあいだ、ぼくたちにはすこし時間ができた。サジが最後に飼育小屋《しいくごや》を見たいというので、学校の裏門《うらもん》から裏庭に入る。

夏休みでも先生たちはきているみたいで、裏庭の駐車場《ちゅうしゃじょう》に何台か車が止まっていた。

「あれ、甲斐先生の車だよ。この前、乗ってるとこ見た」

そういってサジが教えてくれたのは、いちばん目立っている黒いスポーツカーだった。かっこよすぎる。


飼育小屋の動物たちにお別れをすませて、ぼくたちはサジの家にもどることにした。裏庭を横切りながら、サジはフィンランド人が好きな「黒いアメ」について教えてくれた。一度食べたらわすれられない味で、世界一まずいアメっていわれてるんだって。ちょっと食べてみたい気もする。

サジの家の前に人影《ひとかげ》が見えたとき、ぼくはほんとうにほっとして、全身から力がぬけた。

そうだよな。おまえはこういうタイミングを外さないやつなんだ。信じてたよ。

「サジ、リアルきてるよ」

サジは立ち止まって、息をのんだ。

リアルはおこっているみたいな顔をしていた。それを見たサジの横顔が青ざめる。

がんばれ、サジ。リアルはたぶんおこっているわけじゃなくて、どうしていいかわからなくてそういう顔になっているだけだよ。そうじゃなかったら、ここにくるはずなんかないんだから。

ぼくたちは三人ともだまりこんだまま、気まずいかんじでむかいあった。

あ、そうか。ぼくがいないほうがいいよな。こういうときは、ふたりきりだ。

ところがそう思ったとたん、サジがぼくの腕《うで》をすがるようにつかんできたので、動けなくなってしまった。わかったよ、いるって。

最初に口を開いたのは、やっぱりリアルだった。

「これ、やる。オセンベツ」

青い紙で包まれたなにかを、リアルは乱暴《らんぼう》にサジの胸《むね》に押《お》しつけた。サジがそれを受け

とったのをたしかめると、

「じゃあな！」

リアルはちょっとだけ笑って、そして走りだした。

サジはあわてて、渡《わた》された青い包装紙《ほうそうし》を開けた。手がふるえているのがわかる。

中のものをたしかめたサジは、どんどん小さくなっていくリアルの背中《せなか》にむかってさけんだ。

「リアル、ありがとうっ」

リアルはふりかえらなかった。そのまま走って走って、どんどん遠ざかっていく。

サジの目から涙《なみだ》があふれた。ほんとうは追いかけたかったのかもしれない。だけどサジは追いかけなかった。そこに立ったまま、ただされんでいた。

「ありがとう、リアル！　わすれないよ！　わすれないからぁ！」

声をあげてわんわん泣いているサジの横から、ぼくはリアルがサジに渡したものを見た。

それは銀色のスプーンだった。

見おぼえがある。サジと秋山写真館にいったとき、あの青い石をすくったスプーンだ。

持つところが鍵《かぎ》の形をしていてかわいいって、サジはそういっていた。おじさんがリアルに教えたのかもしれない。

スプーンには小さなメモがついていて、そこにリアルの文字でこう書かれていた。

サジへ
これがおまえのリアルスプーン。
わるいけど、おれはオヤジみたいに軽くないから、かんたんに宝石《ほうせき》はやれない。
だから最高のやつをこれでさがせよ。がんばれ。

秋山璃在《リアル》

そういうやつだよ、リアルは。

サジの気持ちにとことん気づかなかったくせに、最後にこれかよ。かっこつけやがって、しかもそれがサイコーにキマってる。ぼくたちのリアルは、やっぱりこうでなくちゃ。

「リアルらしい」

ぼくがそうつぶやくと、サジは涙《なみだ》でぐしょぐしょの顔で、「ふん、ふん」って、犬みたいに鼻を鳴らしてうなずいた。

「ありがとう、飛鳥井くん。ほんとうにありがとう」

「ぼくはなにもしてないよ」

「そんなことないよ。たくさんしてくれたじゃない」

サジは涙《なみだ》をぬぐって笑った。

「リアルもかっこいいけど、飛鳥井くんもおんなじくらいかっこいい!」

それはぼくにとって最高のほめ言葉。

あーあ、ばかだよなぁ、リアルのやつ。サジのこんなにうれしそうな顔を見ないでいるなんて。

しょうがないから、ぼくがかわりに見ていてやるよ。

ぼくはそう思って、そのままサジのそばにいたんだ。


ふと見ると、青い包装紙《ほうそうし》の中には、もうひとつ大切なプレゼントが入っていた。

合唱祭の日に、ぼくたち三人でとってもらった写真だ。

まんなかにリアル、右にサジ、左にぼく。リアルはぼくたちの肩《かた》を両腕《りょううで》でひきよせて、その手でピースサインを作っていた。

三人とも笑顔《えがお》だった。

6

ぼくたちのリアル

超《ちょう》ダセェ＋ひとり旅＝？？？

それから新学期がはじまるまでの残りの夏休み期間中、リアルとは一度も顔をあわせなかった。

登校日はリアルが欠席した。「旅行中」ってことだったけど、なんかあやしい。なぜなら、秋山写真館《あきやましゃしんかん》は連日営業中《えいぎょうちゅう》で、おじさんの姿《すがた》は見かけるからだ。

それに、リアルの部屋のブラインドが、ずっとさげっぱなしになっている。こんなことははじめてだ。

そう、どうやらぼくは、リアルにさけられているらしい。

なんだよ、さけることないだろ。もやもやするじゃないか。

だけど、もやもやしながら、ふと思い出す。

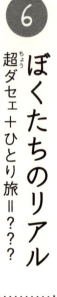

おなじクラスになるまでは、ぼくがリアルをさけていたんだっけ。

あいつにもこんな思いをさせてしまったことが、もしかしたらあったのかもしれないな。


サジの自分に対する気持ちを知って、リアルはどう思ったんだろう。

どうしていいかわからない？

裏切《うらぎ》られた気分？

気持ちわるい？

もう思い出したくもない？

それとも、うれしかった……？

もしかしたらリアルは、サジの気持ちに気がつけなかった自分に対して、腹《はら》をたてていたのかもしれない。

フィンランドで落ち着いたら連絡《れんらく》するよう伝えておいたのに、まだサジからの連絡はない。

だけどそうなるかもしれないって予感は、なんとなくしていた。

サジは前をむいて宝石《ほうせき》をさがすことにしたんだろう。

あのリアルスプーンは、きっとサジのお守りだ。

今日から新学期という日の朝、とつぜんリアルのうちから電話がかかってきた。

「おう、渡《わたる》か？　おはヨーグルト」

「おじさん？　どうしたの」

「どうしたの、じゃない。おはヨーグルト」

「……おはようございマス。なんだよ、ヨーグルトって」

「あいかわらず冗談《じょうだん》の通じないやつだな。子どものくせに」

「おじさんはおとなのくせにふざけすぎだよ。で、なんの用？」

「そうそう、リアルのことなんだが、今日はすこし遅刻《ちこく》する。だから先にいっちゃってていいからな」

遅刻？　体調でもわるいんだろうか。それにしちゃ、なんだかうれしそうだけど。

「でも、なんで？」

「ニュース見てみろ。信号トラブルで電車が止まってるんだよ」

「は？　電車？　リアル、電車に乗ってんの？　なんで？」

「登校日に先生からきかなかったか？　リアルのぶらりひとり旅。今日帰ってくるんだ。くわしいことは本人からきいてくれ」

そういって電話は切れた。

なんだ、旅行ってほんとうだったのかよ。夏休みのひとり旅か。リアルだったらやりそうだ。

そんなわけで、ぼくはリアルのかわりに班《はん》の先頭を歩いている。学校の近くまできたとき、後ろから声をかけられた。

「アスカ、おはよー。リアルはどうした？」

ふりかえると野宮《のみや》がいた。野宮もぼくとおなじ副班長で、列の後ろからぼくに手をふっている。

リアルと仲のいいクラスメイトたちが、いつのまにかぼくを「アスカ」とよぶようになっている。はじめはいやだったけど、いまはそうでもない。アスカって名前の男だっているわけだし、男っぽいとか女っぽいとか、そういうのにこだわるのってあんまりよくないよ。

「リアル、遅刻《ちこく》なんだって」

「マジ？　いきなり遅刻かよ」

野宮の班には低学年がいないから、ぼくたちよりも歩くのが速い。すぐにぼくの横まで追いついた野宮は、「そういえば」といった。

「川上《かわかみ》、転校したんだってな」

「あっ、もう知ってるんだ?」

「リアルにきいた。なんかあいつ、林間のあとで様子がへんだったぞ」

「へんって?」

「みょうにそわそわしちゃって、らしくないかんじ。しかも、あのリアルがあんなことをいうとはね」

「あんなこと?」

野宮はぼくの耳に口を近づけた。

「サジに好きなやつがいるらしいけど、おまえは知ってるかって」

ぼくはふきだしそうになって、あわててこらえた。

念のため野宮に確認《かくにん》かよ。なにやってんだ、あいつ。

「それで野宮は……、サワーはなんて答えたの?」

するとリアルの親友は、くすっとさわやかに笑った。

「そりゃ、アスカが思ってんのとおなじことだよ。つーか、気づいてないの、クラスであいつだけ」

ぼくはもうこらえきれなくなって、笑ってしまった。

べつにばかにしてるわけじゃない。そんなリアルがいいなって、そう思っちゃったんだよね。

始業式が終わって体育館から教室にもどるとちゅう、昇降口《しょうこうぐち》でリアルを見かけた。

「あ、リアル。おそかったね」

「おー」

リアルは袋《ふくろ》からうわばきを出しながら、それ以上なにもいわない。

「おじさんにきいたけど、ひとりで旅行してたんだって？　どこいってたの」

「どこだっていいだろ。近場だよ、近場」

投げやりにいって、リアルはすたすた歩きはじめる。

「なにおこってんだよ」

「うっせ、おこってねぇよ」

おこってんじゃねぇかよ。

あとについて階段《かいだん》をのぼっていくと、踊《おど》り場《ば》で足を止めたリアルが、前をむいたままボソリ。

「あいつの話はもうしなくていいから」

「あいつって？」

わざとらしくとぼけると、リアルはぼくをじろりとにらんだ。

「……だからサジのことだよ」

「へぇ。なんで？」

リアルが「ぐうっ」と言葉につまる。おかしいな、ぼくってこんなにいじわるだったっけ。

はじめはぼくをにらんでいたはずのリアルが、だんだん目線を落として、次に肩《かた》も落として、最後にため息を落とした。

「……おれ、なんもわかってなかった」

自分のうわばきのつま先を見ながら、リアルはつぶやいた。

「超《ちょう》ダセェ」

いつもの勢《いきお》いがないリアルなんて、ちょっと調子狂《くる》うよな。だけどダサいことはたしかなので、「そんなことないよ」なんてやさしいことはいってやらない。

「いいんじゃないの、ダサいリアルも。なんていうか、逆《ぎゃく》にいい」

「意味不明だし」

リアルはまた階段《かいだん》をのぼりはじめた。ぼくもあとからついていく。

「ついてくんなよ」

「無茶いうなよ、おなじクラスだろ。なぁ、どこに旅行してたのか、教えろよ。すげぇじゃん、ひとり旅。かっこいいじゃん。ぼくにはできないなぁ」

へそを曲げているリアルをおだててみる。

「しつけぇな。だから、かあさんの家だよ」

「えっ」

旅行って、となりの市かよ。そう思ったことは、もちろん口に出さない。

「あ、そうだったんだ」

「林間のとき、おまえにセッキョーされたから」

「説教なんかしてないよ。それで、おばさんどうだった?」

「どうって、べつにふつう」

「そっかぁ」

それでおじさんはうれしそうだったんだな。

すぐには無理でも、なるべく早くむかしのおばさんがもどってくるといい。リアルがおばさんに会いにいったのは、きっとその第一歩だ。

すると、リアルはとつぜんぼくをじろじろ見ながら、みょうなことをいいだした。

「そんで、おまえも知ってたわけ?」

「え、なにを？」

「しらばっくれんな。知ってたんだろ」

「はい？　意味わかんないよ。なんの話？」

「……マジで知らねぇの？　うそついたら絶交《ぜっこう》だぞ」

「絶交は無理があるだろ、となりに住んでるんだから」

身におぼえのないことで、ぼくはインネンをつけられている。

ぼくの言葉にうそがないことがわかったのか、リアルはようやく教えてくれた。

「サジがさ、かあさんとこにいったんだって」

「えっ」

思ってもみないことをいわれて、ぼくはもう一度おどろいた。

「サジが？　なんで？　ていうか、よくわかったね、場所」

「うちのオヤジとグルなんだよ。つーことは、おまえはグルじゃなかったわけだな。わるい、さっきまで完全にうたがってた」

そうだったのか。サジとおじさんって、みょうなかんじに気があっていたもんな。

「サジのやつ、なにしにいったと思う？」

「さぁ。もしかして、リアルくんをぼくにください、とか？」

「おまえさ、マジでいいかげんにしろよ」

リアルはめずらしくちょっと赤くなって、手《て》さげ袋《ぶくろ》をぼくにぶつけてきた。

「ごめん、冗談《じょうだん》だよ」

「そーゆー冗談はきらいだね」

「ごめん、もういわない。それで、サジはなにしにいったんだって？」

リアルは歩くのをすこし速めた。おいていかれないよう、ぼくも一段《いちだん》とばしで追いかける。

「なんか知んないけど、かあさんにプレゼントくれたって」

「プレゼント？」

「漫才《まんざい》のＤＶＤ。かあさんといっしょに見ちゃったし」

「えっ、漫才？」

サジと漫才。なんかへんな組みあわせだな。

「なんで漫才？　……あっ」

そっか。わかったぞ。

「リアルがおばさんに笑ってほしいって、この前いったからだ」

「そう、たぶんな」

だから漫才か。その発想が単純《たんじゅん》でおかしくて、ぼくはちょっと笑った。やっぱいいやつだな、サジ。

「あと、おれの名前の由来、サジが知りたがってたって」

リアルの名前の由来？　そういえば、ぼくも知らないや。まぁ、きかなくてもだいたいわかるけど。

「リアルに生きろってことなんでしょ、きっと」

「そうだけど、そうじゃなくて、漢字の意味のほう」

ぼくはリアルの漢字をぼんやり思いうかべた。リアルの璃《り》はむずかしい漢字で、読めるけどまだ書けない。

「おれもはじめて知ったけど、リアルの璃って、ルリの璃なんだって。かあさんの名前、るり子《こ》だから」

「ルリ？　ルリってなに？」

「宝石《ほうせき》の名前。なんとかっていう、カタカナのべつの名前もあるらしいけど」

ぼくはハッとした。宝石だって？

リアルの腕《うで》をつかんで、無理やりこっちをむかせる。「ととと」とよろけながら、リアルは立ち止まった。

「あぶねぇな、なんだよ？　階段《かいだん》で止まっちゃいけないんだぞ」

「それってもしかして青い宝石《ほうせき》？」

「あ？」

「だから、ルリが青いかどうかってきいてんだよ！」

ぼくの勢《いきお》いに押《お》されて、リアルは困惑気味《こんわくぎみ》にうなずいた。

「そうだけど。あ、ほら、うちの店に飾《かざ》ってあるやつだよ。ちなみにおれの誕生石《たんじょうせき》でもある」

ああ、やっぱり。そうだったのか。そうだったんだな、サジ。

その宝石の別名を口にすると、リアルは目をまるくした。

「ラピスラズリ」

「おお、それそれ！　なんで知ってんの？」

サジはきっと知っていたんだ。

秋山写真館に飾《かざ》られていた瑠璃《ラピスラズリ》を見て、すごく特別な石なんだって、あいつはたしかにそういっていた。なんで特別なのかきいたら、もったいぶって教えてくれなかったんだよな。ひみつのことなんだって、そういってた。

ルリの璃《り》は、リアルの璃。

あの青い宝石は、サジにとってリアルのことだったんだ。気づかれないようにそっと、サジは自分の想《おも》いを口にしていた……。

そのしゅんかん、ぼくの胸《むね》のおくに、熱い気持ちが押《お》しよせた。

絶対《ぜったい》にわすれないって、もっとちゃんとはっきり、そういってやればよかった。

ひさしぶりに見たリアルの涙《なみだ》も、まっすぐなサジの気持ちも、ぼくは一生わすれない。

わすれるもんか。

「なぁ、リアル」

リアルはぼくをじっと見ている。そんなリアルを、じっと見かえす。

楽しかったよな、リアル。この春と夏。おまえといっしょにいられたおかげで、ぼくはすっげぇ、楽しかった。

おまえだってちゃんとわかってるんだろ？　これはぼくたちふたりだけの思い出じゃないんだ。

伝えたい。いわなくちゃ。ぼくの言葉を、リアルが待ってる。

「あいつ、すっげぇよろこんでた」

泣いてたよ。それに笑ってた。おまえのせいいっぱいの気持ちは、きっとちゃんと届《とど》いていたよ。

「いつかふたりで会いにいこうな」

いますぐじゃなくていい。おとなになってからでいいんだ。

リアルがサジのために思ったこと、なやんだこと、おまえの口からおまえの言葉で、そのときちゃんと伝えてやって。

きっとサジはよろこぶよ。

リアルはかすかにうなずいて、それを見たぼくはほっとする。

ありがとう。わすれないよ。

きみの大切な気持ちを、ぼくたちはずっとずっとわすれない。

教室の入り口で、すこしだけ髪《かみ》ののびた甲斐先生が、ぼくたちふたりをよんでいる。残りの階段《かいだん》をかけあがり、ぼくたちは教室へいそいだ。

戸森《ともり》しるこ

1984年、埼玉県生まれ。武蔵大学経済学部経営学科卒業。東京都在住。本作の『ぼくたちのリアル』は、第56回講談社児童文学新人賞、第46回日本児童文芸家協会児童文芸新人賞、第64回産経児童出版文化賞フジテレビ賞を受賞し、第63回青少年読書感想文全国コンクールの課題図書に選定された。『ゆかいな床井くん』で第57回野間児童文芸賞を受賞。他の作品に『十一月のマーブル』『ぼくらは星を見つけた』(以上、講談社)、『しかくいまち』(理論社)、『れんこちゃんのさがしもの』(福音館書店)、『ジャノメ』、『ココロノナカノノノ』(光村図書)、『ミリとふしぎなクスクスさん～パスタの国の革命～』(ポプラ社)など。教科書掲載作品に「セミロングホームルーム」(三省堂・令和３年度版『現代の国語２』)、「おにぎり石の伝説」(東京書籍・令和６年度版『新しい国語五』)がある。

―

佐藤真紀子《さとうまきこ》

1965年、東京都生まれ。挿画や装画を担当した作品に「バッテリー」シリーズ(教育画劇、KADOKAWA)、『クリオネのしっぽ』『すし食いねえ』(いずれも講談社)、『チャーシューの月』(小峰書店)、『先生、しゅくだいわすれました』(童心社)、『蒼とイルカと彫刻家』(佼成出版社)など多数。

ぼくたちのリアル

2016年６月８日　第１刷発行
2024年８月23日　第10刷発行

発行所　株式会社 講談社
〒112-8001
東京都文京区音羽2-12-21
電話　編集03-5395-3535
販売03-5395-3625
業務03-5395-3615

KODANSHA

著者　戸森《ともり》しるこ
発行者　森田浩章
装丁　坂川栄治＋鳴田小夜子(坂川事務所)
印刷所　株式会社精興社
製本所　株式会社若林製本工場
本文データ制作　講談社デジタル製作

N.D.C.913　222p　20cm　ISBN978-4-06-220073-8

戸森しるこの本

第57回 野間児童文芸賞 受賞!

ゆかいな床井くん

唸るほど上手い。
この先、この作家がどんな世界を
見せてくれるのか楽しみでならない。
——あさのあつこ

戸森さんは当代屈指の児童書の書き手。

緩急自在の軽妙な文章。

——富安陽子

六年二組の四月から卒業までのかけがえのない一年間。

主人公は三ケ田暦《みけたこよみ》というまじめな女の子。となりの席の床井《とこい》くんは、ユーモアがあって、考えかたのセンスがよくて、ちょっと変わっている、クラスの人気者。みんなの本当の気持ちを気付かせてくれる。

「しゃべるのを我慢できない遠矢《とおや》くん」「教室で一言も話さない鈴木さん」……いつもの学校生活の中で、床井くんがこんなクラスメイトたちを少しずつ変えていく。大人になってもきっと覚えている、特別な時間が流れている物語。

四六判ハードカバー　192ページ　定価：1430円（税込）　ISBN978-4-06-513905-9